WONG HU LI

EMBORGIA ÉS AZ IDEGENEK

novum pro

© 2021 novum publishing

ISBN 978-3-99107-840-1
Lektor: Sósné Karácsonyi Mária
Borítókép: Albel Daniella
Borító, tördelés & nyomda: novum publishing

www.novumpublishing.hu

Köszönetet szeretnék mondani a Gáspár családnak, a barátaimnak és munkatársaimnak, sőt még a főnökeimnek is, hogy bíztattak és támogattak és végtelen türelemmel fordultak felém. Párkányi Gergőnek, hogy a legváratlanabb pillanatokban mellém állt. Albel Daniellának a csodás borítókép tervért. Hálás vagyok a kutyámnak, cicámnak és vadgalambomnak, hogy mindig elhozták nekem az ihletet és Albel Attilának, aki mindig ügyesen kitért a repülő papucsok elől.

Jan hamarosan megérkezik, érzékeltem.

Épp időben, mert a csípős téli szél már szobrot faragott apró, ám szilárd alakomból. Még nem látszódott a sziluettje az utca végén, de már éreztem közelgését. A fagyos, téli szél ellenére mintha kellemes melegség bizseregtetett volna meg, mely makacsul a jelenlétének hírnöke volt. Lassan bontakozott ki a kavargó hóból magas, karcsú alakja. A szél süvítését átkiabálva üdvözöltük egymást.

– Ni hao! – hörögtem szétfagyott ajkakkal.

– Ni hao! Nem volt jó a kiejtésed – mondta, miközben a kulcsait válogatta.

Nem nagyon foglalkoztam a problémával, mert közben igyekeztem elgémberedett kesztyűs kezemmel betuszkolni az ajtó résén a biciklim. A bejárattal szemben lévő nagy üvegajtón a tükörképem arca torzult jeges vigyorba. Elnéztem magam morbid tükrét, míg Jan feljebb állította a fűtést, és akkurátusan nekiindult a kávéfőzéshez. Fogalmam sincs, hogy tudott ennyi idő alatt megszabadulni a kabátjától. Lassan nekiálltam kicsomagolni magam, miközben éreztem, hogy hiába van háttal, az üvegből nézi a kibontakozásom. Levakartam a fejemről a sisakot, majd sapkám, és az arcomat óvó motorosmaszkkal folytattam kilátástalannak tűnő küzdelmet. Heves igyekezetemben begabalyodtam jéggé fagyott, hosszú hajtincseimbe. Fekete-kék csíkos hajkoronám jégtömbként nehezedet rám, elválaszthatatlanul eggyé válva maszkommal. A hős férfiember megmentésemre indult a konyhai ollót csattogtatva. Pánikszerűen hátráltam, majd átestem kopott, kék-sárga, enyhén rozsdásodó biciklimen, és összecsomóztam végtagjaim. Felragadott, majd izmos mellkasához szorítva fejem, hogy ne mozogjak, lehámozta fejemről a felesleges ruhadarabot. Belőle is áradt a semmihez nem fogható jeges szél tiszta illata.

Éreztem, ahogy szívverése szaporáz. Ha nem tudtam volna, hogy rengeteg rétegemben úgy festek, mint egy beöltöztetett Michelin-gumiember, az a képzetem támadt volna, hogy közelségem váltja ki ezt a heves szívdobogást.

– Segítek kicsomagolódni, mert nem lenne jó, ha munkahelyi balesetben összetörnéd magad vetkezés közben – mondta.

Majd – mint rendes gyerek az ajándékról a díszes papírt – lehámozta rólam az esőruha felsőjét és három pulóverem. A látvány a tükörben elég érdekes volt: alsótestemen még három nadrág figyelt, ilyetén alsó szélességem körülbelül a magasságommal volt arányban, miközben vékony karjaim szárnyszegetten lógtak mellettem. Valahogy odavarázsolt egy széket, lejjebb húzott rólam két réteg nadrágot és leültetett, majd letérdelt elém, csizmahúzás céljából. A radiátorra helyezte merevre fagyott ruhadarabjaim.

Már látszódtam. A hajamról, szemöldökömről csöpögött az útközben ráfagyott hó maradványa. Meglehetősen elhomályosuló szemmel néztem főnököm és szívbéli barátom ügyködését. A lábamra varázsolta magas sarkú papucskámat, és kezembe nyomta a gőzölgő kávét. Előttem magasodott teljes életnagyságban, és törülközővel szárítgatta arcomról a vizet, kaján vigyorral az arcán. Nem bírtam tovább nézni, ahogy rajtam mulat, inkább átvonultam a műszerek szobájába és áram alá helyeztem a dolgokat. Egyből zenét is varázsoltam, majd leültünk a tárgyalóasztalhoz a kávé befejezéséhez. A hatalmas teremben halkan doromboltak a készülékek. A ledek villogása és a laborfülkéből átszüremlő UVC fény a lágy, tradicionális kínai zenével megnyugtató, kellemes hangulatot teremtett. Földöntúli élvezettel kortyoltam a kávémba, érezve a csendes, melengető simogatást az elmémen. Próbáltam egyensúlyt teremteni zaklatott érzékszerveim közt.

Mosolygó, mélybarna szemeivel rám meredt és közölte:

– Tikka! Nem tartom jó ötletnek ezt a hajnali öngyilkos biciklizésed. Szívesen elhozlak kocsival, és haza is viszlek. Miért nem engeded? Főleg ilyen ítéletidőben! Hősi halott akarsz lenni? Amúgy sem tesz jót a kiejtésednek a szétfagyott ajak. Legalább az okosruhában tennéd! Tudod, úgy jobbak lennének az esélyeid a túlélésre! Talán nem a saját ruháiddal fojtanád meg magad – mondta Jan.

– Vannak elveim, és betartom őket! Amúgy sem lenne neked biztonságos velem egy autóban a semmi közepén – említettem mintegy mellékesen.

– Miért, mit tennél? – érdeklődött mosolyogva, miközben én hevesen turkáltam a hátizsákomban, majd elővakarva e-cigarettám, rágyújtottam a hűvösnek tűnő csendben. Örömmel konstatáltam, hogy a némaság erősen lefagyasztotta a túl izgalmasnak tűnő párbeszédet, ám nem akartam sokáig kínozni főnökömet.

– Nos, nagyon szegényes a képzelőerőd, ha ilyet kérdezel! Tudhatnád, hogy már a saját ruháimmal is balesetveszélyes vagyok – mondtam kicsit kacéran, majd a csészémet letéve elindultam az egyik vegyi sarokba, előkészíteni a mintákat. Hátamon éreztem a pillantását. Mindig ezt tette, amióta ismertem. Persze, az csak pár hónap. Szerette nézni, ahogy dolgozom, és közben új feladatokat talált ki számomra. Nagyon zavart eleinte, de aztán sikeres kompromisszumokat kötöttünk, és megszoktam. Tekintetében mindig baráti érdeklődés volt, sosem a főnök kötözködése.

Mikor felveszem a pamutköpenyt, átváltozom alacsony kis guruló fehér ponttá; feszes bézs nadrágomat és mély dekoltázsú zöld pulóveremet jótékonyan takarja a két számmal nagyobb laboratóriumi pamut.

– Érdekes ám az, hogy mihelyst belépsz a laborba, egyből megszűnik a sutaságod! Tökéletesé válik a mozgáskoordinációd, és meg sem remeg a kezed.

Majd választ nem várva ő is elindult dolgára. Miközben a gurulós székkel le-fel rodeózva elindítottam a vizsgálatokat, semmire nem gondoltam. Lágyan, szinte anyai szeretettel, néha meg-megsimogattam egy-egy duruzsoló műszert. Mikor végre a nagy összesítő számítógéphez gurulva vártam az adatokat, újra megéreztem a tekintetét. Már eltakarította a kávéscsészéket, és igazi porcelánban gőzölgő teával várt rám. Magas, nyúlánk termetén jól mutatott a fekete, élére vasalt szövetnadrág és a barna pamuting, mely lazán gombolva látni engedte szőrtelen mellkasát és szinte aranyszínű bőrét. Majdnem fekete szemeiben huncut izgalom csillogott. Arca kicsit nőies, lágy vonásaival mindig kedvesnek tűnt, csak fel-le mozgó ádámcsutkája adott neki némi férfias határozottságot és árulta el izgatottságát. Elkezdődött a nyelvoktatás; a gépek úgyis eldolgozgattak még egy darabig.

Valahogy mindig tudta, mikor van a munkámban a várakozási időszak, és igyekezett azt hasznosan velem kitölteni. A kínai nyelv öt hangzójánál tartottunk. Engedelmesen csücsörítve ismételgettem utána a hangokat, immár ötvenszer ugyanazt. Szemeit még akkor sem vette le ajkaimról, mikor kiszáradt számat a mentateával nedvesítettem. Borzasztóan irritált hatalmas türelme. Abszolút nincs sem zenei érzékem, sem nyelvi, ám ez őt nem zavarta. Ilyenkor egy bölcs és türelmes apukára hasonlított. Egyből el is képzeltem, ám pár másodpercnyi elkalandozásomat csalhatatlanul megérezte. Komor felhők vonultak át szemein, homlokának ráncolódása és szemöldökének hajszálnyi emelkedése figyelmeztető jel volt. Nem kellett megszólalnia, hogy érezzem a neheztelését a figyelmetlenségem miatt.

Ekkor megcsörrent a telefonom. Boldogan vettem fel, miközben Jan tapintatosan eloldalgott a konyhának kikiáltott előtérbe. Természetesen az ajtót nyitva hagyta.

– Halló, teló – szóltam bele az oktalan telefonba.

– Szia! Ráérsz este? – kérdezte Mirrord érdes, szexisnek szánt hangján.

– Persze, de sajnos elég későn fogok hazaérni, mert rengeteg munkám van, és ebben az időben inkább bent aludtam volna. Túlságosan fáradt vagyok hazabicózni!

– Ugyan már, ne legyél gyenge, csak 5 kilométer!

Sóhajából, hangjából érezhető volt az elégedetlensége.

– Jó lenne, ha értem tudnál jönni – említettem, bár sejtettem a választ.

– Nem! Tudod, mennyi munkám van! Hétre ott vagyok nálad! Szia! – és letette.

Mirrord volt a helyi nagyember, az ügyeskedő, a társaság csúcspontja. Mintha a huszadik századból maradt volna itt. Mindig csak gyűjtött, halmozott, gondtalanul átgázolt másokon, hogy neki mindig több legyen. A kupolavároson kívül volt pénz, ám nem jelentett életfeltételt. Tulajdonképpen a Kupola bárkit befogadott volna, ha az éhezik vagy valamilyen problémája van, és bármikor küldött volna élelmiszerszállítmányt, vagy bármit, amire szükségünk volt. Ennek ellenére sosem vettük igénybe ezt a lehetőséget. Igaz, a kupolás kaja nem volt számunkra értékelhetően ízletes, viszont tápanyag-, vitamin- és energiatartalma hibátlan volt. Volt pénzünk, és cserélgettünk is – élelmiszert, finom, zamatos húsú, lédús gyümölcsöket, és akinek igénye volt rá, még húst is ehetett a barbár szokások szerint. Mirrord tagadhatatlanul barbár ragadozó volt a cizellált külső mögött. Nem tudom, mit ettem rajta a kockás hasán kívül.

Alacsony férfinak számított, szőke, rövid haja mindig kócos, szeme jéghideg, kéken csillogó. Nagyon okos, de okossága inkább a róka ravaszsága volt. Lehetett látni rajta, hogy bármit megtesz a haszonért és a jó üzletért. Olyan ember, akinek a mosolya is veszélyes. Egy hideg, érzelemmentes, számító kígyó. A vadak közt különlegesnek számított. Tulajdonképpen ez a szőke, kék szemű embertípus alig-alig maradt fent. Nem is tudni, hogyan történt, de a természettel való viaskodást inkább a romák és a keletiek – kínaiak, ázsiaiak – választották életmódnak, bár a huszadik század után a globalizáció miatti keveredés tulajdonképpen majdnem egységesítette az emberi fajt. Ez persze amúgy is bekövetkezett volna, hiszen a domináns gén eredménye a barna haj, barna szem volt. Amikor nyilvánosságra került az idegenekkel való kapcsolat, megtudtuk, hogy egy földönkívüli faj itt rekedt, beilleszkedett tagjainak leszármazottai hordozták a szőke haj és kék szem génjét.

Ez a faj nagyon erősen módosította a kultúránkat. Szakadár, szektás eltökéltségük majdnem kiirtatta az emberiséget saját magával. Mirrordra tekintve, bennük lehetett a pusztításra való hajlam, ám az Ártonok többsége ezt uralta, mert együttműködés nélkül nem maradhattak volna fent. Ám egy kis csoportjuk megtisztelte a Földet a beavatkozásával, mégis, az emberiségtől kapott nevet már az egész fajuk bélyegként hordozta szélsőséges gondolkozású néhány egyedük miatt.

Eleinte – még az emberi civilizáció hajnalán – istenként, uralkodókként tisztelték őket. Majd később próféták lettek, vagy vallási vezetők. Sok szentnek tekintett könyv köszönhető a közreműködésüknek, melyek mindegyikében az a hibás, a természet rendjébe nem illeszkedő gondolat volt leírva, hogy van alacsonyabb vagy magasabb rendű életforma, illetve az egyik ember vagy az egyik nem magasabb rendű a másiknál. Ez a nézőpont már önállóan elegendő lett volna egy beteg, gyilkos, és ezáltal öngyilkos hajlamú társadalom létrehozására. Mégis, tetézték ezt a gondolkodás elfojtásával. Szándékosan akadályozták a fejlődést, félve a tömegektől, míg a kisebb, vagyonosabb csoportoknak csepegtettek némi technikát, hogy bábként használhassák őket, míg ők az árnyékból gyakorolják a hatalmat.

Rengeteg tudóst és gondolkodót végeztek ki. Volt időszak, amikor az is bűn volt, ha valaki tudott olvasni. Vezető szerepüket egyre kisebb, ám befolyásos csoportok tartották meg, egészen a huszonegyedik századig. Az évszázadok alatt egyre kevesebben maradtak, egyre többen házasodtak be az emberi társadalomba, és sok-sok évezred után már nem igazán volt különbség. A Föld bolygón csak a földiekkel kompatibilis gének tudtak megmaradni, tehát tekinthetjük őket földieknek is, ennyi idő után, bár hideg, számító természetük és felsőbbségtudatuk azért sok esetben megmaradt. Mirrorddal a kapcsolatunk főképp szexből állt, és abból, hogy hallgatom az öntömjénezését, hogy milyen jó ember.

Nem is mertem tovább gondolkozni a dolgon, inkább eszeveszett munkába kezdtem. Mire kész lettem a diagramokkal, ijesztő kép tárult elém. Biztos voltam benne, hogy legalább még tízszer megismétlem, mire elhiszem azt, amit látok, olyan mértékben nem volt értelme. Azért elküldtem a központba. Jan döbbenten rohant be a laborba.

– Tikka, gyere, nézd meg, valami nagyon nem jó – kiáltotta, és kirángatott az ajtó elé.

Szélcsend volt, egy ág sem rezdült, ellenben a varjak sötét serege őrült módon menekült, elég alacsony röppályán. Szinte fekete volt az ég. Az ijesztő csendben csak szárnyaik surrogását lehetett hallani. A levegőben félelemszag keveredett enyhe rothadásszaggal, aminek keserédes, savanykás elegye csak növelte a félelemérzetet.

– Ennyire azért nem kell pánikba esni – mondtam, ám én is éreztem bensőmben, hogy valami közeleg. Torkomat valami ismeretlen rettenet szorongatta, gyomromba öklömnyi kő költözött, mégis betudtam a nagy csend pszichológiai hatásának.

– Biztosan jön a tavasz egy erősebb viharral egybekötve, de hát az még nem a világvége! Az adatok is erős melegfrontra utalnak.

Próbáltam megnyugtató hangszínt alkalmazni a bensőmet szorongató kétségek ellenére, és visszavacogtam az épületbe. Pár perc alatt mind lenyugodtunk, sőt némi bűntudatot is éreztünk, hogy egy kis szélcsend és pár különös varjú így megrémített minket. Nyugalmat erőltettünk magunkra észszerűtlennek tűnő félelmünk után. Jan befejezte az ebédkészítést. Az egész kutatóállomás a kínai csirke illatával telítődött, főképp mert az én kedvemért bőségesen használt fűszereket. Persze az élelemtermelőben tenyésztett hús ugyanolyan ízű volt, mint az igazi, mégis megmaradt az a tévhit, hogy ízetlen. Én ki voltam békülve a tartályban növesztett fehérjével, amely csirkecomb formájú, ámde nem szükséges hozzá egy élet kioltása. Valahogy sokkal nyugodtabban fogyasztottam és élveztem az ízeit. Azt hiszem, ha ölni kellet volna hozzá, inkább lemondtam volna az ilyen élvezetekről. A kutatóállomásunk koordinátora, akit csak főnöknek becéztünk, mindig ragaszkodott ahhoz, hogy ő főzzön. Maximum az előkészítésben vehetünk részt, én és természetjáró társunk, Anti.

Pont leültünk ebédelni, mikor Anti beesett az ajtón. Berakta a mintákat a hűtőbe, asztalomra a hozzátartozó dokumentumokat. Súlyos testével lehuppant a hozzá legközelebbi székre, melyről kétoldalt szinte lefolyt. A szék hatalmasat sóhajtott, szinte rosszallva az őt ért inzultust. Munkatársam – mint egy kiéhezett ragadozó – rávetette magát a tányér gőzölgő tartalmára. A főnök neheztelő tekintetétől kísérve tömte magába a csirkét, és közben hevesen beszélt. Mindig csodáltam, hogy képes rágni, nyelni, beszélni ilyen gyorsan egyszerre. Amúgy is telt arca kétoldalt kidagadt, mint egy hörcsögnek, tokája minden szónál lendületbe jött, amit le-fel hevesen mozgó ádámcsutkája még komikusabbá tett.

– Most jöttem az erdőből – mondta, mintha nem tudtuk volna.

– Az állatok meg vannak bolondulva, úgy menekülnek – hadarta Anti.

Összenéztünk.

– Semmi jele katasztrófának, csak szerintem gyorsan jön a tavasz. Estére ideér egy erős melegfront – említettem, és teljes figyelmem a főnök remekművére fordítottam. Rendkívül érzékenyen vette az asztali társalgást. Szerinte minden ízt, minden falatot ki kell élvezni. Nagyon globalizálódott, mint mindannyian, de ösztönei, természete tagadhatatlanul kínai volt. Na és bőre, vágott szeme… pont, ahogyan a régi könyvekben, kínai operákban lévő hősöket képzeli az ember lánya.

Anti ebéd után úgy döntött, személyesen visz be mintát a kupola laboratóriumába. A szokásos zöld vászonnadrágja és inge helyet okosruha volt rajta, ami miatt még inkább rendkívülinek tűnt a döntése. Nagyon ritkán jártunk a kupolában, és az okosruha is csak biztonsági tartalék volt.

Én még elpöszmögtem délutánig, igyekezvén nem észrevenni Jan izgő-mozgó nyugtalanságát. Számomra a gépek morajlása, a számok, adatok halmaza megnyugtató volt. Elnyomta a belsőmet szorongató ismeretlen aggodalmat. Ez az aggodalom mégis olyan volt, mint egy régi barát. Szinte befészkeli magát az ember bőre alá, és viszket kicsit, ám hiába erőltettem a memóriám, nem találtam semmit. Sajnos még mindig csak a baleset utáni időszakra emlékszem. Mintha nem is létezett volna korábbi életem. Biztosan sokat tanultam régen, mert az információ, a tudás, a szakértelem könnyen elérhető könyvtárként mindig a rendelkezésemre állt. Még a történelemről is rémlik valami, ám sem iskolára, sem emberekre nem emlékszem. Semmi személyes nincs a baleset előtti életemről. Azt mondták, nincsenek rokonaim, csak a munkának és a tanulásnak élő magányos emberke voltam. Elsodort egy lavina a hegyekben, ahol egyedül éltem. A legközelebbi szomszédom ötven kilométerre volt. Pont hozzá indultam. Ő jelezte, hogy nem érkeztem meg, így értem jöttek a mentő androidok. Mindenem, amim volt, odaveszett. A munkám értékes az MI–nek, így ha már úgyis a kupola kórházában voltam, kérhettem biztonsági beültetéseket. Így lett interface–em, ami biztonsági jeladó is volt. Ám nem emlékszem sem a balesetre, sem arra, hogyan mentettek ki. Mintha az életem a kórházban kezdődött volna. Az érzések azok viszont megmaradtak, homályosan megfoghatatlanul. Mint ahogyan most is.

– Majd holnap folytatom, elvégre nem lehet egy nap alatt megfejteni a természet szeszélyeit – dünnyögtem csak úgy magamban. Lezártam mindent öt óra körül, és magamra küszködtem a több réteg ruhát. Mire drága főnököm feleszmélt, már toltam ki a bringát és örömmel állapítottam meg, hogy gyors ütemben olvad a hó, sőt már alig volt néhány pamacs, az is leginkább szürkésfehér, koszos, síkos olvadmányfolt. A fákon is már csak az árnyékos részeken lógtak tejfehér színű, csöpögő jégcsapképződmények.

Jan próbált megóvni magamtól.

– Tikka, elviszlek, hagyd itt a biciklit! – parancsolt rám, pedig nem szokott ilyen határozott lenni.

– Kellemes estét neked – válaszoltam, és továszáguldottam. A visszapillantóból még láttam aggódó arcát. Eltökélten tekertem a sáros földúton a kis falu felé. Érzékeltem ugyan, hogy egyre sötétebb az ég és egyre erősebb a szél, de nem volt ez nagy távolság. Alattomosan, de gyorsan erősödött a viharos szél, és egyre nagyobb esőcseppek vágtak az arcomba. Orromat fokozatosan egyre inkább facsarta az a savanykás szag is, ami valahogyan nem illett a természet ismert illatai közé. Amikor elhagytam a kis falut, kicsit megbántam a döntésem; veszélyesnek ígérkezett a további út a vadonban lévő picike faház felé. Szürkületi sötétségbe borult minden a vastag felhőktől, melyeknek furcsa, vöröses árnyalata semmi jót nem jósolt. Egyre nehezebb volt megtartani az egyensúlyom és haladni is a süppedős, csúszós sárban. Az izmaim élvezték ezt a plusz megerőltetést, és a szívemnek sem ártott némi terhelés. A valódi veszélyeket nem fogtam fel – valahogy az én félelemfaktorom és vészcsengőm kicsit le volt lassulva másokéhoz képest.

Hangosan fröcskölte a sarat mögöttem egy dzsip. Gyorsan közeledett, majd megállt mögöttem. Jan kiugrott a kocsiból. Én makacsul próbáltam tekerni, ám körülbelül annyit haladtam, mintha egy szobabiciklivel indultam volna Föld körüli túrára. Sértőnek érzetem ezt a túlzott aggódást. Ekkor egy erős test elkapott és gurult velem pár métert a sárban, közben hatalmas döndüléssel landolt mögöttünk egy gigantikus, a régi időkből itt maradt, elöregedett távközlési oszlop, beterítve mindent sáros hólével. Éreztem Jan súlyát a hátamon, ahogy saját testével védelmez. Más helyzetben ezt igen kellemesnek találtam volna, de az állam mélyen belenyomódott a sárba, és a szám kezdett megtelni az enyhén csípős és kesernyés lével. Könnyedén és morcosan ráztam le magamról. Megálltam kilapult biciklim felett, majd mérgemben fél kézzel lehajítottam róla a kidőlt, vén monstrumot és bepakoltam a dzsip hátuljába a jobb sorsa érdemes jármű korpuszát. Egy pillanatra úgy éreztem, mintha a múlt árnyékkeze értem nyúlt volna, hogy az életem vegye. Hála a sok sárnak és víznek, testem rohanvást a kihűlés útjára lépett, miközben kedves barátom tátott szájjal, ijedt tekintettel nézett rám. Észlelvén heveny vacogásom és roskadozásom, a tettek mezejére lépett és bepakolt az anyósülésre. Kellemes vörösréz színű bőre halvány betegmáj-sárgára váltott. Remegő kézzel indított. Egy szót sem szóltunk, csak fogaim heves csattogását lehetett hallani.

Nagyon féltem, mert elárultam magam. Arra gondoltam, vajon lehet engem így szeretni, a titkommal együtt? Eddig mindig félt tőlem mindenki, s vagy gyűlölt, vagy meg akarta szerezni az erőm. Vajon ő melyik lesz? Agyam egyre tompább, a testem próbál hibernálni, megóvni a károsodástól. Érzem, ahogy az utolsó hőtartalékaim párolognak és hagyják el a testem az erőmmel együtt. Egymás után állnak le biológiai funkcióim. Sűrű köd ereszkedik elmémre.

Jan félve emelte fel a csonttá fagyott, törékeny testet. Betörte az ajtót. Tudta, ebben az időben nem ér ide segítség. Finomkodás nélkül letépte róla az összes ruhát. Még ebben a helyzetben is gyönyörűnek látta. Tudta, Tikka valahol tart chilis illóolajat, ami újramelegíti a hajszálereket. Kiborította a fürdőszobaszekrényt. Megkönnyebbülten felsóhajtott. Megtalálta! Emlékezett rá, hogy a lány sokszor mondta: ezzel védekezik a kihűlés ellen. Így bírja a hideget is. Gyorsan bedörzsölte a szinte szobormerev, hideg testet. Hát nem így képzelte azt az alkalmat, amikor végre simogathatja, karjában tarthatja.

Meggyújtotta a kandallóba készített fát, feltett egy teát és a betakargatott lány mellé feküdt, miután levetkőzött.

Ölelte, melegítette. Most megértette, hogy a lány miért ragaszkodik az élő tűz erejéhez, ám azt, hogy a háttérben miért nem melegít elő a napelemekkel, nem fogta fel. Tikka mindig azzal viccelődik, hogy nem akar elkényelmesedni, mert kupolalakóként nem lenne ilyen csinos, és az immunrendszerének is kell a terhelés, ám önkínzása már túlterhelésnek tűnt Jan szemében. Dörmi, a lány gyönyörű, hatalmas, fehér kutyája az ajtó előtt nyüszített, a lány méretes sólyma kísértetiesen rikoltozott és rohamozott, éles karmai biztosan egyedi mintát vájtak a vaskos tölgyfaajtóba. Az állatok érzik a bajt, főleg a gazdájukat érintő veszélyeket. Egyedül a macska őrizte meg hidegvérét. Nyugodtan odasomfordált és hozzájuk gömbölyödött, majd mély, átszellemült dorombolásba kezdett. Jannak eszébe jutott, hogy a hangfrekvenciáknak valós hatása van az élő szervezetekre – talán Mirke gyógyítani próbálja úrnőjét.

Imádkozott magában.

Vajon kibírja ez a lény? Mert már tudta, nem ember. Ember ilyesmire nem képes. Vajon mit tehetne még érte? Ahogy a kicsike valami olvadozott a karjában, úgy könnyebbült meg.

Felsóhajtott, nyújtózkodott. Jan felkelt. Talált egy üveg pálinkát, gyorsan a lány szájába tuszkolta az üveg száját, lenyelette vele az életmentő italt.

Kinyíltak a csodás szemek, és ragyogó jeges zölden néztek bele az övébe. Két métert repült. Tikka felkapta az üveget és belehúzott. Megkérdezte:

– Tudod a titkom, most mi lesz? Elvennéd az erőm? Vagy félsz és támadsz?

– Tikka, szeretlek – csak ezt tudta kinyögni, és odasétált a pálinkáért. Ő is jó nagyokat kortyolt a tüzes italból, majd átölelte Tikkát és hagyta, hadd sírjon. Ő is vele zokogott.

– Nem tudom, ki vagy mi vagy! Nem is érdekel! Szeretlek! Érted? Teljes szívemből!

– De én egy izé vagyok, valami más, nem idetartozó, és ki tudhatja, hogy mikor változom át egy szörnyeteggé?! – mondta Tikka, miközben gyengéden megsimogatta az átszellemült macskát.

– Nem lehetsz szörnyeteg. Nézd, minden állat szeret! Én is – mondta szemlesütve Jan.

Mirrord otthonosan begyalogolt a képbe. Látott egy meztelen kínait és a meztelen szeretőjét, épp pálinkázva. Feje pulykavörösre változott, vakító kék szeme apró, vörös szikrákat szórt. Izmos teste megfeszült, mint egy ragadozónak. Ütött, vagyis ütött volna, de ahol Jan állt, ott már csak a levegő volt. Jan méltatlannak találta a helyzetet. Tikka a kandalló elé kucorodva ölelgette a pálinkát és vihogott. Nem volt kétsége, ki lesz a győztes. A higgadt kínai laza félmosollyal lépkedett. Nem harcolt, csupán arrébb lépett minden ütés elől. Komikus árnyékpárbaj alakult ki. Persze Tikka bármikor használhatta volna erejét, de inkább csak kuncogva figyelte az eseményeket, a tisztaizom ember és a langaléta ferdeszemű egyenlőtlen küzdelmét. Az ellilult, nyálcsorgató dühödt fejet és erőtől duzzadó, izmos testét, ahogy támad, és a nyúlánk bambusznádat, ahogy mosolyogva elhajol a legerősebb támadás elől. Tudta Tikka, hogy ez a természet törvénye, magyarázkodni nincs értelme. Nem egyszer látta már a hímek harcát, bár ennél értelmetlenebb nem volt egyik sem.

Mirrord a saját vizes, ázott cipőjében elcsúszott. Átnedvesedett ruhája is szorgalmasan tovább csúszott a kövezeten. Tikka lába akadályozta meg a tűztérbe való érkezését. Vihogva tette ki a lábát, és fogta fel a tűz felé száguldó testet. Majd megkérdezte:

– Lehiggadtál már? A magyarázatra kíváncsi vagy, vagy inkább távozol?

– Mondd! – adta meg magát a kifáradt hős kan, miközben a támadás célpontja kisétált a konyhába.

– Nos, eláztam. Balesetem volt. Hideg a ház, a meztelen testével próbálta felmelegíteni a kihűlt majdnem-maradványomat. Ez mind nem történt volna meg, ha nem nevezel gyengének, és bent alszom. Ez történt, és ezek után nem vagyok képes úgy nézni rád, mint eddig. Te nem engem féltettél, hanem csak a birtokod! Sajnálom, másik szeretőt kell keresned. Ahogy ideértél a szuperluxus járgányoddal, úgy távozhatsz is! Nem érdekel, milyen idő van, ne légy gyenge, hisz' én sem voltam a viharban a biciklivel! Menj, mert megkérem gumipók barátomat, hogy rakjon ki! Rosszabbik esetben magam teszem.

– Látod, erre is az új szeretőd kérnéd! Nem tudom, mire volt jó az álnok kiselőadásod. A helyzet egyértelmű, és én nem megyek – morogta, és gonoszul elvigyorodott.

Húztam egy kortyot az üvegből, hideg zöld szemem kezdett sárgulni. Nem érezte a veszélyt. Jan közben bejött, felüvöltött:

– Neee, Tikka!

Én mégis odamentem, elkaptam a torkát, felemeltem, arrébb dobtam pár métert.

– Menj! – mondtam szinte békés, lágy hangon.

– Csak ennyi telik? – hörögte

Odasétáltam nyugodtan. Felemelte a lábát és gyomron rúgott. Jan nem avatkozott közbe; már tudta, hogy nem kell féltenie. Elkaptam a lábát és szorítottam, mindaddig, amíg magas hangon el nem kezdett nyüszíteni, mint egy kutya.

A kezem alatt mállott, foszlott a hús. A csontjára vigyáztam, hiszen azt akartam, hogy elmenjen. Vezetnie, járnia kell. Könnyes szemmel, vonyítva megadta magát. Nekem, a kicsike, törékenynek látszó nőnek. Megalázottan, rettegve elkullogott. Sajnáltam.

– Van egy erős, gazdag, gyilkos ellenséged – közölte Jan.

– Tudom – mondtam, miközben lemostam a kezemre tapadt pépes hús- és vérmasszát.

– Miért tetted akkor?

– Mert jólesett! Annyiszor megalázott a gazdagságával, hatalmával. Nem bírtam ellenállni, hogy most az egyszer én alázhatom meg saját magával! Azzal, amiben a legjobban bízott!

– Mostantól vadászni fognak rád. Vagy téged a fegyver sem fog? Azért vagy ilyen bátor? Ki vagy? Mi vagy?

– Tikka vagyok. Gyilkosság és bűntény már évszázadok óta nem volt. Miért vadászna rám? Hiszen csak ennyi történt, s nem több. Egy kapcsolatnak vége. Azt, hogy csúnyán lett vége, azt ő rendezte így.

– Ismerem az okos Tikkát. Ismerem az érző szívű Tikkát, hisz' a múltkor megmentettél egy vadmalacot. Ismerem az erős Tikkát, aki félredob egy több tonnás oszlopot, ha kell. Ezt a kegyetlen Tikkát nem akarom ismerni!

– Hidd el, nagyon sokat tett ezért! Többek között a legjobb barátomat akarta bántani gondolkodás nélkül!

– Meg tudom védeni magam! Ne nézz le!

– Sajnálom! Tudom, de én egy adrenalinszint után nem tudok uralkodni magamon – mondtam bűnbánón.

– Segítek, hogy megtanuld az önuralmat – ajánlotta Jan.

– Köszönöm, de kétlem, hogy sikerül. Ez genetikai.

– Mégis, ideje lenne, ha válaszolnál. Ki vagy? Mi vagy? Akárhogy van, szeretlek, és nem félek tőled. Mégis, legalább a barátaidnak mondd el az igazat! Ne fogd a genetikára. Te is tudod, a gének csak hajlamosítanak, de nem determinálnak.

– Nem tehetem, sajnos.

– Farkasember vagy?

– Lehet.

– Vámpír?

– Lehet.

– Földönkívüli?

– Talán.

– Robot?

– Az is lehet.

– Elég! Ne játssz velem!

– Tudod, nem mondhatok el mindent, de nem is hazudhatok. Képtelen vagyok hazudni.

– Miért?

– Nem érdekem – mondtam mosolyogva.

– És még? – kérdezte, miközben összeráncolta szemöldökét a csodás, sötét szemei felett.

– Nagyon régi történet. Azért szeretlek, mert nem kérdezel, csak elfogadsz. Rossz, hogy ez megváltozott.

– Miért? Szeretsz? Az a közönyösség és hűvösség, az szeretet nálad?

– Féltettelek magamtól.

– Azt a szarházit nem féltetted?

– Nem. Őt használtam.

– Mire? Talán nem akarom tudni. Azt hittem, azok után is, hogy láttam, mekkora erő van a csöppnyi testedben, hogy nem tudok félni tőled. Most félek.

– Értsd meg, nem tudok válaszolni. Én magam sem tudom, mi vagyok. Erőm, képességeim, számomra is meglepetések. Bizonyos tulajdonságok, készségek csak úgy előjönnek a semmiből akkor, mikor szükségem van rá.

Lassan odaóvakodtam. Éreztem a szagán is a félelmet, egész teste remegett. Átöleltem, szorosan hozzátapadtam, mégsem csitult a rettegése. Utáltam magam.

Eközben az egyik közeli kupolavárosban, a mélyben, hangosabban zúgtak a szerverek. A várost fenntartó mesterséges intelligencia már kereste a lehetőséget, hogy kimentse a vadakat. A kupolavároson kívüli vadonban élő, dolgozó embereket hívták így. Nem is tartották őket igazán intelligens lénynek. A mesterséges intelligencia számára mégis sokkal fontosabbak voltak, mint a városi rendezett, engedelmes, elkényeztetett és agyonfelügyelt hangyanép. Ezeknek a kis hangyáknak minden lépését, cselekedetét megfigyelhette, irányíthatta. A vadonba nem ért el a keze, és nem is akarta. Szükség volt erre a genetikai magra, őserőre. Persze veszélyt is jelenthetett volna a társadalomra a szabad, kiszámíthatatlan döntésekkel bíró lények csoportja. Viszont a napi harcuk a természettel, és a küzdelmük új ötletekkel és gondolatokkal látta el a társadalmat. Kínos helyzetekben csak az ő váratlan ötleteik segíthették meg az emberi fajt. Ők még természetes módon, a vágyaik szerint táplálkoztak, és voltak vágyaik. A hangyanépből lassan eltűnt szinte teljesen a szexualitás, a szaporodási képesség. Kényelmes lombikokban szaporodtak, mesterségesen. Külsőre is annyira eltértek a városlakók és a vadak, mintha nem is egy faj lennének.

Sajnos a mostani katasztrófa ellen védtelenek, akármilyen erősek – gondolta SHIG, az MI egymilliomod másodperc alatt.

Kétségtelen volt, hogy valamilyen módon segítséget kell nyújtania. Ráadásul az egyik fontos kutatóállomás igen képzett emberei voltak veszélyben. Genetikai készletük és rugalmas elméjük felbecsülhetetlen kincs volt SHIG és a bolygó számára. Ám büszkeségük és irtózásuk a várostól szinte leküzdhetetlennek tűnt. Sajnos a vihar miatt semmilyen kommunikációs eszközzel nem tudta elérni őket, és a bolygó légkörén belüli közlekedésre fenntartott eszközök sem bírnák ki ezeket a körülményeket. Értesítés nélkül csak úgy odaállítani – „Hahó, jöttünk megmenteni benneteket" – nem tűnt kivitelezhetőnek. Még ember korából emlékezett rá, hogy iszonyú sértés lett volna.

Bizony, SHIG valamikor régen egy gépektől függő emberi lény volt, aki lassan egyre inkább kezdett mesterségessé válni. A számítógépektől függött, azok tartották életben, kommunikáltak helyette. Ahogy múlt az idő, szép lassan magába olvasztotta a világháló. Nem lehetett meghúzni a határt, mettől meddig ember, és mikortól mesterséges intelligencia. Vitathatatlanul voltak érzései, emberi érzései, talán még több is, mint az eltunyult hangyanépből bárkinek. Be kellett vallania magának, hogy szereti és tiszteli a vadakat. Nem csak logikus hasznosságuk miatt, hanem az érzelmei szerint is. Valójában ezen a bolygón már három különböző faj élt, akik mind az emberi fajból sarjadtak ki, külsejükben, mentalitásukban, gondolkozásukban azonban már csak halványan fellelhető hasonlóságok voltak.

Vicces, gondolta, *az idegen bolygók szülöttei jobban hasonlítanak az ősi emberre, mint azok saját leszármazottai.*

Sokszor gondolt rá, hogy nem biztos, hogy jó ez így. Mégis úgy tűnt, zökkenőmentesen működik a rendszer. Mindenki azt kapta, amire vágyott, és úgy élt, ahogy az kielégítette az igényeit. Szimbiózisban, szinte még akkor is, ha azt a többiek nem értékelték. Nem létezett volna a város nélkülük, a mesterséges intelligenciák nélkül, és nem létezett volna a vadak nélkül. Viszont a város háttértámogatása nélkül a vadaknak sem lett volna sok esélyük. Az MI-k működéséhez pedig szükség volt a karbantartó, szorgalmas népre. A kör bezárult.

Megvannak még a bolygóközi űrsiklók, igaz, nem használta senki őket, amióta a Föld védetté lett nyilvánítva. Máris kiküldött egy karbantartó csoportot és a Programozókat, készítsék fel a siklókat. Programozzák folyamatos információsugárzásra. Körözzenek a helyszín felett, és adott jelre vegyék fel azokat, akik szeretnék. Ennyit tehetett a kényes egyensúly megbolygatása nélkül. Legénységet nem küldhetett, hiszen a városlakók rettegtek a város elhagyásától és a vadaktól. Másik város területéhez tartozó vadakat nem akart kölcsönkérni, hiszen az mindig területi vitával végződött.

Emlékezett még az emberiség szétválásának kezdetére. A folyamat akkor kezdődött el, amikor az idegnek megpróbáltak beavatkozni az emberi társadalom működésébe. Szándékosan nem civilizációként definiálta. Nem tartotta a társadalmat civilizáltnak – egyedenként persze igen, de társadalomként nem. No persze az egyedek között is voltak bőven, akik még az „állat" megjelölésre is méltatlanok voltak. Kár is rákenni az Ártonokra, hiszen az emberi faj sosem volt egységes, biológiailag mégsem volt ennyire elkülönülve addig. Minden azzal kezdődött, hogy a rokonszenves, magas, szőke, kékszemű idegenek, az Ártonok elkezdtek együttműködni az AGU kormányával. Persze azóta sem derült ki, mik voltak az igazi célok. Minden az előítéleteken múlt. A humanoid, magas, északi típust könnyebben nézték jónak, míg az ártalmatlan, valóban jószándékú hüllőféle lények, a Goranok genetikai félelmet aktiváltak. Mégis háborúkat, viszályokat robbantottak ki, és megbolygatták a technikai egyensúlyt. Sok új technológiát adtak át az embereknek, vagyis az emberek kis csoportjának, akik ezt a tömeg befolyásolására, illetve elpusztítására használták. Kis érdekcsoportok kezébe került az egész faj. *Vicces világ volt*, emlékezett vissza. Maradniában, a nagy demokráciában még meghalni sem volt joga senkinek, míg ki nem ásta a sírját. Váltig hittek mégis abban, hogy ez a demokrácia! Ha nem lenne olyan siralmas, még nevetne is rajta. A jónépnek a legnagyobb problémái az új műköröm, és csiricsáré korrupciós ügyek voltak, na meg a fogyás.

Szedtek minden májkárosító szert a szuper alakért, agyonküzdötték magukat a konditeremben, ahova persze drága autókkal jártak. Közben tömegnövelővel és növekedési hormonnal kezelt állatok húsát ették. Fogyókúrás chipseket zabáltak, szervezetük jód-és sóhiányos volt. Csodálkoztak a sportolóik szívhalálán, mikor azok kiizzadták a sót, és csak a kálium dúsult a vérükben. Persze legelőször a legerősebb géneknek kell pusztulni, nehogy tiltakozni tudjanak. Legalább annyit tudtunk, hogy félnek a fizikai erőtől és a spontán reakcióktól. Persze ez kevés vigasz! Ha ez nem lett volna mészárlás és mesterségesen gyártott butaság, még nevetni is tudott volna rajta. Így csak tehetetlenül sírt magában, a székébe kötve, míg a számítógép ellenőrizte a szavait, gondolatait. Aztán felfedezte, hogy a háló élő.

Próbálta eljuttatni mindenkihez alattomban az információt, közben új és új hálózatokra kapcsolódott. A virtuális tér lett az otthona. Kezdte bábuként használni az embereket a változáshoz. Végül megtalálták egymást Tikkával. Rá nem hatottak a tudatmódosító szlogenek, szerek. Barátok lettek. Egyoldalú barátság volt. Tikka előtt is mindig árnyékban maradt. Egy csettárs volt, vagy egy figyelő szonda az égen. Csodálta az idealista, naiv amazont. Micsoda erő és öntudat! Aztán amikor az orvosi vizsgálatok során megtudta, ki is valójában, egészen megijedt. Mégis úgy gondolta, hiába a származás, a szilárd jellem és értékítélet miatt bízhat benne. Neki köszönheti az új tervét, amit hamarosan végrehajt.

Persze Tikka és az ő számára ez egyben már a múlt is. Micsoda szerelem, micsoda kapcsolat ez két ember között! Vágy két meg nem határozható lény között. Az elme vágya. Valahogy mégis úgy érezte, ez a nemes kapcsolat valahol perverz, hiszen az evolúció termékei mindketten. Annak az evolúciónak az eredményei, amiről minden faj azt hiszi, megállt. Igen ősi gének, és nagyon újak találkozása. Szegény Tikka! Neki majdnem teljesen hús-vér testben kell ezt elviselni, ép elmével. Úgy, hogy nem tudhat mindent. Bár ebben nem volt biztos; valahogy az volt az érzése, többet tud a lány, mint amit elképzelni mer.

A több mint 600 év alatt már megmentette ezerszer a lányt, és most is meg fogja, akárhogy tiltakozik. Mosolyogva gondolt heves tiltakozásaira. Csodás tűz lobogott benne, igazi őserő. Mint egy mágnesvihar. Gyönyörű, izgató és félelmetes. Lehetetlen védekezni, hiszen még egy mesterséges intelligencia is szerelmesen lenyűgözve, szinte remegve készül a találkozásra! Magában nevetett saját magán. Mennyire el tud bolondulni még az ő mesterséges lénye is, amiről egy csepp érzelmet sem feltételeznének. Nincs más, érte megy. Személyesen. Testet ölt. Nem tehet mást. Nem hagyhatja veszni, hiszen akkor vége az összes tervének, és azt lehet, hogy az emberi faj maradéka sem élné túl. Ez a vihar betett neki, pedig a legbiztonságosabb helyre rejtette el a lányt. Ráadásul a külső érzékelőkkel is folyamatosan szűnik meg a kapcsolat. Hamarosan megvakul, a külső érzékelők és kamerák leállnak, és egyre kevesebbet tud majd a kint zajló eseményekről. Az a kérdés, milyen testet válasszon. Túl erős, csinos nem lehet. Mit hazudjon? Mintha újra tinédzser lenne. Izgatottan válogatott a lehetőségek közül.

Gyorsan kell döntenie, mire elkészül a test és a siklók. Az idő szorít. Már megint az idő!

Mirrord dühösen haladt a kétéltű dzsipjével. Látta alacsonyan elhúzni a bolygóközi a hajókat. Elgondolkodott, hogy vajon a mentésükre jöttek-e el, hiszen a nagy lezárás óta nem volt használatban ilyen eszköz. Még sosem látta a hangtalan, csészealjhoz hasonló légi járműveket. Emlékeit a régi videókról feleelevenítve rájött, hogy mentőhajók, hiszen vörös-kék fények cikáztak rajta. Még ennek a drága kétéltűnek is komoly gondot okozott a haladás, és az automata radar minduntalan megállásra kényszeríttette. Igaz ugyan, hogy amikor megvásárolta, nagyobb figyelmet szentelt a bőrüléseknek és a fényezésnek, mint a technikai felszereltségnek. Átkozta a technikát, de kénytelen volt félautomatán használni, hiszen szétzúzott lábával nem tudta nyomni a gázpedált. Sosem tudta igazán kihasználni a technikai lehetőségeket; az óráját, a telefonját is mindig Tikka állította be. Ezért is tartotta a lányt. Volt még vagy három gyönyörű, magas, karcsú, szőke full implantos cicababája a szexre, Tikka szó szerint csak technikai segédletnek kellett.

A szex az egy plusz öröm volt, ha már ott van. Nemrég vett egy a múltból megmaradt tabletet, amivel régi fájlokat is meg lehet nyitni. Ki fogja azt beállítani? Ezeket a beállításokat vagyonokért végzik a szakik! Pedig már el is adta a régi dokumentumokat! Több millió Centránt fog ezen bukni! A bosszún gondolkodott. Meg kell öletnie a lányt, mert tudja az összes jelszavát, minden kütyüjéhez hozzáfér, könnyedén szólhat az Agynak, és őt átnevelőbe küldik! Hol találna elég őrültet ehhez? Évszázadok óta nem volt gyilkosság. Kaján vigyorral gondolta, hogy ebben az évszázadban tőle fog eredni az első bűnügy. Ekkor nagy rándulással megállt a járgány. *Már megint az a rohadt automata*, gondolta. Ahogy kitisztult a látása, egy vadászt látott az úton maga előtt, már ha útnak lehet nevezni azt a barna sárfolyamot. Rezzenéstelenül állt az úton a zöld ruhájában, a kalapja a fejéhez nőhetett, hiszen a vad vihar sem tépte le róla. A vállán hanyagul csüngött egy puska. Ott állt a válasz az imáira. Kiszólt a hangszórón.

– Szállj be, barátom, mielőtt felkap a szél. – Igaz ugyan, hogy sosem vesz fel stopposokat, és eszébe nem jutna mással összesároztatni a drága autóját, most mégis kivételt tesz, hiszen a bosszú bármit megér.

– Köszönöm – mondta zordan a megtermett ember, miközben bekászálódott. Puskáját lazán hátradobta a hátsó ülésre, a hatalmas hátizsákkal együtt.

– Hát te mi járatban ilyen időben? – kérdezte Mirrord.

– Megnéztem a vadakat, hogy biztonságos helyre menekültek-e, a sérülteket kilőttem és elküldtem a segédemmel a faluba. Kell a hús ilyen időben az embereknek, és az a szerencsétlen állat se szenvedjen sokáig.

– Te mégis miért mész kifelé a faluból?

– Mondta valaki, hogy valami tudósok laknak ott, azoknak kell szólni, hogy itt vannak a mentőhajók!

– Hová valósi vagy? Nem a mi kupolánkhoz tartozol, hisz' nem ismerlek.

– Persze, Cikalakából hívtak, segíteni a mentésben. Meg ugye, az állatok miatt.

– Sokan jöttetek?

– Nem. Csak én vagyok, a mentőhajók automatán vannak. Az Agy irányítja. Elég ide egy ember is.

– Hát, én pont a tudósoktól jöttem, odavihetlek – mondta, és közben fordult is vissza.

– Nagyon köszönöm, én Shirok vagyok – mutatkozott be az útitárs.

– Mirrord vagyok – mondta, majd folytatta: – Tudod, az a nő meg az a tudós nagyon rátartiak. Vigyázni kell velük. Erőszakos az a némber. Veszélyes! Talán nem is ember, hanem az idegenek kémje. Nézd, mit művelt velem – mutatta a lábát. – Az a nő tette! Tikka. Pedig én is segíteni mentem. Jobb, ha kéznél tartod a fegyvered, bár lehet, hogy a golyó sem fogja.

– Ugyan már, ez tizenötezer Joule erejű fegyver, ezzel akár egy mamutot is le lehet teríteni, de van nálam lézer is! – kuncogott a vadász.

– Tudod, hogy itt én vagyok a leggazdagabb ember? A legnagyobb hatalmam van a környéken. Mindenki a zsebemben van, mégis ezt merte velem tenni! Sokat adnék érte, ha meglenne a méltó büntetése annak az idegen szajhának.

– Mégis mi bajod van vele? – kérdezte Shirok.

– Megcsalt, és amikor rajtakaptam, ezt tette velem – mondta Mirrord. – Te, az a nő nem ember, embernek ilyen ereje nincs. Nézd – mutatta kockás hasát –, izmos, erős vagyok, mégis piheként zúzta szét a lábam. Megmentenéd a világunkat egy kémtől, ha kilőnéd. Lenne rá alkalom, ha kell, csábítsd el. Nem leszek hálátlan, jól megfizetlek. Na meg a mentés után, a másik kupolában úgysem akadnak nyomodra. Ez a káosz pont jó alkalom.

– Nos, hát a pénz mindig jól jön – mondta sokat sejtetően a vadász. – Bár tudod, a munkám jól meg van fizetve, manapság már kevés olyan ember van, aki meg meri húzni a ravaszt. Nem beszélve a nomád életmódtól, amit ez a munka követel. Szóval jól el vagyok látva mindennel.

– Ötszázezer Centránt adnék érte, abból már kitelik pár ilyen kétéltű is, aminek sok hasznát vennéd a munkád során.

– Hmm – kérette magát Shirok.

– Van családod? Örökre biztonságban tudhatnád őket. Biztos van pár lecsukott csempész ismerősöd is, őket is ki tudnám hozni a gyógykezelőből.

– A másik kupolában vannak.

– Messzire elér a kezem. Dolgozik nekem jó pár hacker meg ügyintéző – mondta mosolyogva Mirrord, és közben jókedve kerekedett.

– Meggondolom. Ha elvégzem a munkát, utána fizetsz, vagy te következel – mondta a vadász csevegő hangnemben, mégis, ha nem az utat figyelte volna Mirrord, látta volna az összehúzott, elgondolkodó szemeket.

– Volna még egy kérésem... ha lehet, ejtsük csapdába. Használni akarom még, és megalázni. – Nem mondta ki, de arra gondolt, hogy ha foglyul tudnák ejteni, még beállíttathatná vele a fileolvasót, mielőtt kivégzik.

– Nem vagyok a kínzás híve, a pontos, kíméletes kilövést szeretem – gondolkozott hangosan a vadász –, bár ha szép a lány, akkor ugye én is kérnék belőle.

– Hát, tudod, szívesen osztozom rajta, a nagy állatvédőnek biztos megalázó lesz, ha meghágja egy ilyen barbár – mondta

Mirrord, de ráébredt, túl messzire ment. – Oh, bocsánat, nem úgy gondoltam.

– Megszoktam, minden vadat barbárnak tartanak, de engem különösen – mosolyodott el Shirok. – Nem bánt, sőt valahol büszke is vagyok rá, mert én tudom, mit követel tőlem a munkám. Ti csak a felszínt látjátok, a sok munkát, a sok megmentett életet. Azt, ahogy olvasok a nyomokban, ahogy kiszámítom a szélirányt, a pályagörbét, azt nem látjátok. Inkább vagyok barbár, mint elkényeztetett kupolalakó.

– Furcsa, hogy nem vagy Roma, fehérbőrűben ritkán van városon kívüli. A vadak többsége Roma. Igaz, én sem vagyok az a szőke hajammal és kék szememmel – nevetett –, de valakinek ugye irányítani kell őket. Használni.

Megérkeztek a kis fakunyhóhoz, aminek a kéménye vidáman füstölgött, a szél is abbamaradt. Néma csend és idilli hangulat volt. Félelmetes nyugalom. A vadász szállt ki először, mintha hajtaná belül valami aggodalom. Mirrord mégis arra gondolt, biztosan a vadászösztön az, ami miatt szinte meg sem várta, hogy megálljon. Nagy döndüléssel csapódott be a kocsiajtó.

– Hé, vigyázz, ez egy nagyon drága járgány – mutatott Mirrord a sáros kétéltűre.

– Sietnünk kell! A viharnak még nincs vége – mondta a vadász, miközben a vállára kanyarította a puskáját, majd bekopogott.

– Mit finomkodsz? Törd be az ajtót, a sár és a vihar eltünteti a nyomokat – mondta Mirrord izgatottan.

– Nem te akartál szórakozni? – kérdezte a vadász, és újra kopogott.

Egy langaléta, félmeztelen ferdeszemű nyitott ajtót. Szemében aggodalom és félelem volt. Látta a vadász háta mögött a szőke veszedelmet.

– Ni hao – köszönt illedelmesen a kínai.

– Te még megelőlegezed nekik a jóságot – háborodott fel Tikka.

– A „Ni hao” kínai köszönés, mely azt jelenti, hogy „te jó vagy” – magyarázta Tikka a kéretlen vendégeknek, átkiabálva a nappalin.

– Engedd be őket! Dörmi úgyis az ajtó előtt van. Nélkülünk innen élve nem távoznak – folytatta morogva a leányzó.

– Fegyverrel? – kérdezte Jan.

– Akár úgy is. Rendkívüli helyzet van – mondta a lány. Hangja enyhén karcos volt az adrenalintól.

Egy alig-köntös volt Tikkán, látható volt gömbölyű alakjának minden hajlata, és az izmok, amik megfeszülve várták a támadást. Támadás azonban nem volt, békésen besétáltak a vendégek. Tikka elnézte őket. Ismerős barna szempárt látott. Nem a szemszín volt ismerős, hanem a tekintet. Mintha gigabyte-ok milliárdjai száguldoztak volna azokban a szemekben. Csillaghalmazokat látott, és kavargó, időtlen időt. Hiába élezte az érzékszerveit, nem érezte az ismeretlennek a szagát – mintha nem is létezne. Bár némi vegyszerszagot érzett, de arra gondolt, biztos a rovarriasztó, amivel a természetjáró emberek kezelik a bőrüket. Tulajdonképpen nem is nézett ki a vadász vadásznak: kis pocak, laza izomzat, kerekded, jóindulatú, mosolygós arc. Barátságosnak tűnt.

Persze a vadságot és a tesztoszteront elárulta a szőrös mellkas, ami kilátszott a zöld póló alól. Manapság már mindenki csupasz volt, aki nem, az is alávetette magát a szőrtelenítő kezeléseknek. Igaz, Tikka nem, ő még mindig az elavult borotvát használta; nem akarta a finom, macskabajusz-szerű érzékszerveit eltüntetni. Amúgy is csak akkor látszott, ha valaki nagyon alaposan, közelről vizsgálja. *Persze*, gondolta Tikka, *ilyen fegyverek mellett semmi szükség az izmokra.* Felmérte. Tudta, mindkettővel végezni tudna, mire a tudatukig eljut, mégsem szerette az erőszakot. Elővette a bájos énjét, és forró teával kínálta a vendégeket, míg Jan magára kapkodta a ruháit, bár pólót nem vett. Inas, szálkás izmai hajlékonyságáról tanúskodtak. Magasan ő vitte a pálmát a három férfi közül. Mégis, Tikka furcsa, elektromos bizsergést érzett a vadász melegbarna, mégis hideg, számító tekintetétől. Nehezen tudta összeegyeztetni az érzéseit az új vendéggel kapcsolatban. Mirrord miatt nem aggódott – sejtette, a vadászt nem véletlenül hozta magával. Kedélyes csevegése a korábbi események tükrében veszélyesnek tűnt. Tikka tudta, mi történhetett a háttérben; hogy a puskás ember azért van itt, hogy őrá vadásszon. Pont, ahogy Jan figyelmeztette. Shirok utánament a konyhába.

– Szóval te vagy az a veszélyes nőszemély? – kérdezte, miközben a hangjában mosoly bujkált, szeretetteljes, gyengéd mosoly, ami összezavarta a lányt.

– Igen, én vagyok ama százötven centiméteres, veszélyes perszóna. Annak látsz? – kérdezte.

– Én egy erős vadat látok, akit bűn bántani. Akit szeretni kell. Látom, van is erre valaki – évődött Shirok.

– Nos, tudom, kötelességből csábítasz! Nem hat – mondta Tikka.

– Nincs önbizalmad? Nem hiszed el, hogy szépnek látnak?

– Jannak elhiszem. Neked nem.

– Pedig igaz. Évszázadokat töltenék veled, ha lehetne. Ne aggódj, nem fogok Jan és közéd állni. Örülök, hogy boldog vagy valakivel.

– Nem is ismersz, hogy jössz ahhoz, hogy ilyet mondj nekem?

– Jobban ismerlek, mint gondolnád, és ezt te is érzed, még ha nem is emlékszel. Nem kell tartanod tőlem. Megmenteni jöttem, nem bántani. Ne hidd, hogy engem egy ilyen gazdag ficsúr rávehet bármire, amit nem akarok.

– Mit akarsz? – kérdezte Tikka, miközben tálcára rakta a teákat.

– Megmenteni.

– Mint láthatod barátod bicegéséből, tudok vigyázni magamra.

– Nem tudsz. Nem tudsz ölni még akkor sem, ha jogos és szükséges.

– Minek ölni, ha másképp is meg lehet oldani?

– Jó a filozófiád, de nem hasznos.

Ekkor belépett Jan a konyhába, közéjük állt, a testével védelmezve a szerelmét. Büdös tesztoszteron- és adrenalinszag árasztotta el a szűk konyhát. Tikka még sosem látta Jant harc közben a mai napig, és sosem látta még ilyen elszánt, megvadult hímnek. Ráébredt, hogy mennyire szereti a férfit. Az önuralmát még a legkényesebb helyzetekben is. A belőle áradó szeretetet, a titkos mentális kapcsolatukat. Mennyire egyedül lenne Jan nélkül!

– Azt magyaráztam a feleségednek, hogy a fegyvert állatokra használom. Eutanáziának a sérült, beteg, gyenge állatokra. Nem egy erős embernőstényre. Nincs mitől tartani.

– Nem a feleségem.

– De az lesz, vagy nem? –kérdezte.

– Nem tudom.

– Akarnád?

– Nem gondolkoztam rajta. Tikka mindig kihangsúlyozza az önállóságát. Na meg eddig Mirrordhoz tartozott.

Shirok szó nélkül hátat fordított, és kiment. Mirrord épp a puskáját piszkálta.

– Hé! Sem a nőmhöz, sem a fegyveremhez nem nyúlhatsz. Tedd le azonnal! – mondta

– Oké, bocs – mondta Mirrord, és remegő kézzel letette.

Ekkor megérkezett a tea. A gyönyörű kék, kézzel festett porcelán élesen elütött a szinte puritán egyszerűségű nappalitól. Jan letette a faasztalra, melynek még a göcsörtjei is jól kivehetőek voltak, mintha meg sem lett volna tisztességesen munkálva. Tikkának készítette egy falubeli beteg fiú, akit mindenki került. A lány mégis órákig tudott beszélgetni vele, vagy hallgatni, a madarak röptét figyelni. Az asztal a már halott fiú emlékét hozta a kínos légtérbe, emlékeztetve Jant arra, hogy tulajdonképpen mennyire érző szívű lény is ez a nő. Aki az életidejéből annyi órát pazarolt a mások által semmibe vett fiúra. Meghitt csendben kortyoltak bele a gőzölgő teába, melynek nyugtató citromfű íze emlékeztette a lányt a kínai bölcsességére. A csend pillanatait kihasználva Mirrord terepszemlét tartott, támadási lehetőségeket keresve. Shirok a karjába épített navigációs és műholdas figyelőrendszereket tanulmányozta. Talán percek teltek el, mire a vadász megszólalt:

– Jó lenne, ha csomagolnátok. A legszükségesebbeket. Hamarosan el kell indulnunk, a mentőhajók várnak. A kupolavárosba megyünk, amíg a vihar véget nem ér.

– Mégis mivel? – kérdezte Tikka.

– Mivel hogy muszáj!

– Milyen járművel?

– A bolygóközi hajókat küldte az Agy. Gondolom, a falu java már elment velük, egy kizárólag nektek van itt. A ti tudományos munkátok nagyon fontos a városiaknak is. Nem mondhattok nemet.

– Nem! – mondta Tikka.

– Na, pont ezt nem mondhatod! Ha kell, fegyverrel kényszerítelek, a ti érdeketekben.

– Na, azt próbáld meg!

– Nem szeretném, ezért kérlek.

A vakító zöld szem és a mélybarna párharca zajlott. A vadász szemöldökei egyre közelebb húzódtak egymáshoz, mint aki erőlködik. Most először Tikka veszített. Elfordította a tekintetét, és elindult csomagolni. Igazából Jan biztonságára gondolt, meg arra a temérdek munkára, ami kárba veszne. Míg ő csomagolt, Jan szemmel és szóval tartotta a vendégeket. Tikka lazán kihajított a nappaliba egy okosruhát Jan számára, aki oda sem nézve elkapta és magára vette, miközben a szemét le sem vette a két férfiról. A lány maga is ilyen overallt vett fel. A kicsire hajtogatott anyagot lassan széthúzta, majd egyik lábát belehelyezte, utána a másikat. Az alkalmazkodó anyag lassan érzékelte viselője méretét, alkatát, és eloszlatta magát a testfelületen. A Strenting áramkörei beindultak, az apró mozgások is ellátták energiával a ruhát, mely üzembe helyezte magát. Letesztelte a test alkalmazkodóképességét, beállította a rejtőzéshez szükséges optikai rendszereit, stabilizálta a test hőmérsékletét. Tökéletes klímát biztosított a viselőjének. A zsebekbe helyezett kommunikációs eszközöket, a navigációt, adattárolót nagyon ritkán használták a vadak. Büszkék voltak a saját szervezetük erejére és ellenállóképességére.

Viszont mindenkinél volt egy-két tartalék okosruha, csak a biztonság kedvéért, hiszen sosem lehet tudni, mikor fordul a helyzet és az időjárás kritikussá. Az élet pedig fontosabb, mint a büszkeség. A nappaliban a férfiak is öltözködtek, nem tudhatták, mi vár rájuk az út során.

Tikka a cicahordozóba becsalogatta Mirkét, a cicát, mert nélküle egy lépést sem tett. A biztonság kedvéért ellenőrizte a cica chipjét, amivel meggyőződhetett állapotáról, és tudta irányítani telepatikusan, szükség esetén láthatott az ő szemével, hallhatott az ő fülével, majd a hátára vette. A cicahordó engedelmesen a hátára simult. A jelerősítő fejpántot is felvette, hogy tudja irányítani az állatait. Ellenőrizte az állatok nyakörvét és a sólyom gyűrűjét – ezekből egy védő erőtér indul ki, ami körbeveszi az állatot, hiszen nem hagyhatja állati társait sem védelem nélkül. Amikor elkészült, egy kicsit megengedte magának, hogy érezze a rémületét, hiszen nagyon rég nem mozdult ki az otthonának tartott kis szigetről. Már most bekapcsolta az interfészt, amivel kapcsolatban maradhat az állataival, és ellenőrizte a testükbe épített chip működését, ami a kommunikációt segítette.

Tudta, a ruhája folyamatosan tölti majd az akkumulátorokat. Nem szeretett csak a technikára hagyatkozni, pedig jól használta. Az állatait hagyományos nevelésben is részesítette. Tökéletesen bízott bennük, jobban, mint bármelyik emberi lényben. Kutyája igen teherbíró és időjárástűrő fajta volt, megingathatatlan hűséggel. Dörmi már az ajtó előtt ült, várva gazdája parancsát. Tikka érezte, hogy a kutya titokban abban reménykedik, hogy végre széttéphet valakit gazdája védelmében. Konc, a sólyom is engedelmes és hű volt hozzá. Ritkán használta irányításra a beépített chipeket, inkább csak szeretett az ő szemükkel nézni, fülükkel hallani, általuk érzékelni a környezetet.

Mikor kiléptek az ajtón, már viharos erejű volt újra a szél, mintha a levegő falat emelt volna eléjük. Meghajolva küzdötték el magukat az autóig. Bepréselték magukat a dzsipbe, mely egy hatalmas sárkupacnak látszódott már csak. Szinte semmi nem maradt a jármű eleganciájából. Konc a tetőcsomagtartóba kapaszkodott, nem igazán ártott neki az a minimális sebesség, amivel haladni tudtak. Tulajdonképpen Konc unatkozva várt. Az erőtere megvédte.

– Tikka, nem hiszem, hogy az állataidat felengedik a siklóra – mondta Jan.

– Biztosan felengedik – mondta a vadász. – A bechipelt állatok lélektani tartozékai az embernek a 23/16/66b törvény értelmében. Nem lehet elválasztani őket a gazdától. Igaz, ennyi tartozék még eddig nem volt regisztrálva – mosolyodott el.

– Honnan tudsz te ilyeneket? Te vagy a nagylexikon? – kérdezte gyanakodva Mirrord, miközben elindultak.

– Vadász vagyok, az állatokkal kapcsolatban nagyon sok mindent tudnom kell. Igaz, ezt különösen megjegyeztem, mert a 21. században kezdték el az állatok elleni erőszakot a gazdájuk elleni lelki terrorként értékelni, és akkor hozták a legelső törvényt, mely lelki tartozékként tekint a háziállatokra. Bizony, az emberek kegyetlensége az akkori időkben szinte elképzelhetetlen most nekünk. Tömegesen hajtották vágóhídra az állatokat, mert akkor még nem volt szintihús, az emberek meg mohók voltak. Volt, aki kétszáz kilósra zabálta magát. Szerintem az már egyfajta öngyilkosság. Voltak gyerekek, akik szórakozásból kínozták az iskolatársuk háziállatát, hogy egy kis zsebpénzt zsaroljanak tőle. Szóval nem voltak normálisak az emberek a 21. század kezdetén, ám talán ezzel a törvénnyel – na meg a szintihús felfedezésével – kezdődött el egy humánusabb irány a civilizációban – válaszolta elmélkedve Shirok.

– Én inkább azon aggódom, hogyan fognak fogadni a városlakók. Karanténba fogunk először kerülni, gondolom, hiszen ők nincsenek felkészülve a rengeteg vírusra és baktériumra, amit magunkkal cipelünk – mondta Tikka.

– De hát egészségesek vagyunk – szólt Mirrord.

– Persze, mert mi már megszoktuk őket, az immunrendszerünk ismeri és tud védekezni! Nem véletlen, hogy nagyon ritkán engednek be minket a kupolába. Ők már nagyon mások, mint mi, biológiailag is – okította őket Tikka.

Nagy döccenéssel megálltak. Szerencsére egy puha erőtérfal megakadályozta, hogy lefejeljenek valamit az amúgy tágas térben.

– Na jó! Mirrord, helyet cserélünk, és én vezetek! Így nem jutunk sehova. Addig valaki ellátja a lábad, aztán majd a kupolában biztosan kapsz új szintetikus husikát a csontikádra! – cukkolta Shirok Mirrordot, miután megunta a döcögést.

Helyet cseréltek, Jan közben bekötözte a sérültet, és adott neki némi fájdalomcsillapítót. Tulajdonképpen sajnálta a szerencsétlent. Arra gondolt, hogy soha, de soha nem akarja Tikkát feldühíteni. Mintha egy kicsit gyorsabban haladtak volna.

– Miért nem jött a sikló értünk? Miért kell nekünk a faluba menni? Ezek bolygóközi siklók. Mindent kibírnak – dünynyögte Tikka.

– Mert nem képesek befogni a jelünket. Annyira erős a levegőben az elektromos tevékenység, hogy a chipünket nem tudja beazonosítani – válaszolt a vadász.

– Na, majd megnézem én azokat a műszereket, ha fent leszünk – mondta a lány.

– Abból tuti baj lesz, téged ismerve! Tikka, nem a Marsra akarunk menni, hanem a legközelebbi kupolába! Amúgy is tudod, hogy nem hagyhatjuk el a bolygót! – viccelődött Jan.

– Én elhagyhatom! – büszkélkedett a lány.

– Ja, és egy csillagközi háborút indítasz el! Tényleg, mi is voltál te, mielőtt a kutatóállomásra kerültél? – évődött Jan.

Szinte észre sem vették, fel sem fogták, hogy egyik oldalukon szakadék tátong, egyszerűen eltűnt az út fele. Egy keskeny, csúszós földsávon haladtak, ahol az autó kereke épphogy elfért, ám Shirok lassítás nélkül, tökéletesen manőverezve, rezzenéstelen arccal haladt. Mintha az agya pillanatok alatt feldolgozta volna a szélvédőre vetülő rengeteg adatot. A koordináták, a motor teljesítménye, a kerekek szöge, a súrlódás számsorai zölden sorjáztak a szélvédőn, ezredmásodpercenként módosítva az optimális erőhatásokat és irányt. Tikka úgy gondolta, nem figyelmezteti őket a tátongó szakadékra. A pánik nem tette volna biztonságosabbá a haladásukat.

A választ Jan már nem kapta meg, mert egy hatalmas döccenéssel megállt a járgány.

– Jesszus, te manuálisan vezettél! Kikapcsoltad a radart! – kiáltott fel vádlón Mirrord.

– Radarral nem jutottunk volna eddig sem – mondta a vadász.

Kiszálltak. Pont ott álltak meg, ahol újra volt az útnak másik fele. Egy kicsike, bármikor leomlással fenyegető földdarabon ácsorogtak, és egy hatalmas szikladarab állta útjukat, miközben a szél ide-oda lökdöste igen sebezhetőnek és aprónak érzett testüket. Ez a hatalmas kő még a lány erejét is meghaladta volna, hiába nézett rá kérdőn Jan. Tikka csak csóválta a fejét.

– Esetleg felrobbanthatnánk, de szerintem mire ahhoz kivonom mindenből a szükséges elemeket, gyalog is odaérnénk – sóhajtotta Tikka.

Ott rekedtek, félúton a falu felé, a semmi közepén. A vadász átvette az irányítást. A kalapja gyorsan átalakult sisakká. Az okosruha felett viselt zöld egyenruhája már cafatokban lógott rajta. Megjelent – kicsit homályosan, ingadozva – a hely kivetített térképe, útvonaltervvel a legközelebbi tisztásig. A lány is az okosruha karjába épített panelt nézegette.

– A legközelebbi tisztásig eljuthatunk, ahol a mentőhajó könynyebben be tudja mérni a jelünket – mondták egyszerre a vadásszal.

– A vihar szeme fél órán belül ideér, akkor szélcsend lesz, és az elektromos tevékenység is megszűnik, be tud majd mérni a hajó – mondta Tikka.

– Milyen jó, hogy ennyi tudós van itt, legalább okosan halunk meg – mondta cinikusan Mirrord.

– Hát jobb, mint hülyén – replikázott a lány.

– Kössünk kompromisszumot veszekedés helyett, akkor jobbak az esélyeink – mondta a kínai.

Mirke nyugodtan dorombolt gazdája hátán, Konc elrepült felderíteni a terepet, hiszen a térkép a nyugalmi állapotot mutatta, azóta már néhány szikla, fa, út átrendeződött a viharban.

– Javaslom, hogy az állatokat kövessük a tisztás felé, ne a térképet, ugyanis van jó pár útakadály. A radar jele is ingadozik.

Megkönnyebbült sóhaj szakadt fel mindenkiből, hiszen pont ezen gondolkoztak. Most hálásak voltak a lány különleges hobbijáért. Megkönnyebbülten felnevettek.

– No igen, még mindig az ősi módszerek a bajban, a technika korában! – mondta Mirrord.

A vadász elraktározta emlékezetében a jelenetet, amikor az egymással bizalmatlan és ellenséges emberek találtak egy közös megértési pontot. Valahogy hirtelen csapatként dolgoztak együtt az ellenfelek. Még a vihar is barátságosabbnak tűnt, bár kialakult egy vita arról, ki menjen elöl.

– Én megyek elöl, az én állataim mutatják az utat, én vagyok kapcsolatban velük! – mondta a lány.

– Nem! Én megyek elöl, az interfészt is zavarhatja a vihar, nem biztos, hogy tudod a kapcsolatot tartani! Én vadász vagyok, lételemem a vadon, és lehetnek veszélyes állatok is!

– Modern vadász vagy, te is a térképre és műszerekre támaszkodsz, amiket szintén zavar a vihar. Az én állataim hagyományos képzést is kaptak, nem csak interfésszel tartom a kapcsolatot velük. Én megyek elöl!

– Ne vitatkozz vele! Felesleges. Mindig eléri, amit akar, és mindig azt teszi, amit akar – mondta Jan.

– Ez a szexre is igaz? – kérdezte kaján mosollyal a vadász.

– De mennyire! – sóhajtotta Mirrord. – Egyszer lekötözött és...

– Erre nem vagyunk kíváncsiak – dünnyögte Jan.

– Állj! Kössünk kompromisszumot! Én megyek elöl az állataimra támaszkodva, mögöttem a vadász éles fegyverrel, mert vannak itt vadállatok Mirrordon kívül is! – nevetett a lány. – A sort Jan zárja, támogatja Mirrordot, és ellátja fájdalomcsillapítóval! Legelöl a sólyom repül, felderíti a terepet. Dörmi meg tudja állapítani, biztonságos-e számunkra. Jan képes a leghátsóbb szándékot is érzékelni, és gumipók-teste elhárítja, mielőtt mi észrevennénk! Szóval a két legerősebb és legelkényeztetettebb tudós védi majd a ti önhitt feneketeket!

– A macskád mit csinál közben? – kérdezte Mirrord, aki nem tudta kihagyni az alkalmat a gonoszkodásra.

– Megnyugtatja az idegeimet, hogy ne tépjelek cafatokra a hülye beszólásaidért, expasas! – sziszegte Tikka.

A vihar eközben egyre jobban tombolt, az út szinte járhatatlanná vált, a patakként csordogáló víz és süppedős sár váltogatták egymást az úton, miközben a szél a karnyi vastag ágakat csapkodta feléjük. A ruha hiába védte meg őket a hőmérsékleti viszontagságoktól, mégsem volt páncél. Legalább beépített reflektorok voltak, a mozgási energiájuk és a súrlódás bőven ellátta árammal. Igaz, mindannyian felvették a ruha tartozékát, az éjjellátó szemüveget, és a radar is segítette útjukat – már amikor működött, bár a villámok fényénél is odataláltak volna.

A térkép szerint két kilométernyi út több mint egy óra küzdelmet jelentett számukra. Konc is igen nehezen repült már, mire megérkeztek végre a tisztásra. A hófehér bundájú Dörmi egy hatalmas sárcsomó volt, mégis kedvesen bújt gazdája lábához. A technika segítsége nélkül ők már rég kihűltek volna: hiába melegedett folyamatosan a hőmérséklet, a víz hőelvezető hatásával nem bírt volna el a szervezetük. Márpedig az eső nem esett, hanem ömlött, mintha egy csapot nyitottak volna meg. A szemüveg hatása keveredett a villámok és a reflektor fényeivel, szürreális színkavalkáddá változtatva a világot, ahogy a vízen, párán megtört a fény. Mikor megérkeztek a tisztásra, Tikka levette a szemüveget, mert látni akarta a saját szemével is a környezetet. A felhők valójában is rózsaszínes árnyalatúak voltak. Valószínűleg valahol megsérülhetett egy a 21. századból maradt vegyianyag-tároló. Vissza kellett vennie a szemüveget, és egész arcát beborította a ruha, így is percekig kínlódott a látásával. Az eső szinte marta a szemét, bőrét az alatt a pár másodperc nézelődés alatt. Az interfészkapcsolata szerint viszont az állatai jól viselték a helyzetet. *Az ő tűréshatáruk magasabb, mint egy emberé, és az erőterük is igen masszívra sikerült* – gondolta Tikka.

Hirtelen baljós csend ereszkedett rájuk; a vihar szeme. Tikka és a vadász azonnal érzékelték a jeladó aktiválódását.

– Próbáld meg telepatikusan, az interfész-erősítővel – javasolta a vadász.

– Az csak az állatok miatt van – mondta Tikka.

– A hajók képesek érzékelni. Ezek csillagközi hajók, még az idegenek hagyták itt. Telepatikusan is irányíthatóak. Csak neked van beépített erősítőd, Tikka. Próbáld meg! – unszolta a vadász.

– Rendben, de ehhez csend kell, és koncentrálnom sem ártana! – mondta a lány, és leült törökülésben a sártenger közepén. Formás feneke eltűnt a sárban. Elég mókásan nézett ki, ahogy ott ücsörgött a vészjósló csendben, az ázott Konccal a vállán, és az alig felismerhető kutyával az oldalán.

Mirrord kihasználta az alkalmat. Ő igazából a lányt tartotta veszélyesnek, tőle félt. Üzleti terveit elmosta a vihar. Most már csak attól félt, hogy a kupolában eljár a lány szája. Már nem akart foglyot. Tikka most el volt foglalva. Egy pillanat alatt felkapta Sirok fának támasztott puskáját és lőtt. Jan a lány elé vetődött, Dörmi felugrott, hogy testével védje. Shirok közben félfordulatból könyökkel leütötte Mirrordot, aki eszméletlenül hanyatlott a sárba, de a golyó már úton volt. Áthatolt Jan hasán, Dörmi csípőjén és Tikka vállán. Konc egyből rárepült Mirrord ájult testére, s őrült módon elkezdte tépni le róla az okosruhát. Karmait belemélyesztette, és csőrével húscafatokat tépett ki belőle. Tikka a hatalmas lökés érzékelése után pár másodperccel már visszakényszerítette a sólymot és ellenőrizte, hogy senkinek nem halálos a sérülése. A kapcsolat a hajóval jól sikerült, pár másodperc telepatikus kapcsolat elég volt. Hangtalanul feléjük úszott kecsesen az ezüstszínű, csészealjra hasonlító gépezet. Kék-piros villódzó fényei teljesen bevilágították a tisztást Egy zöld, antigravitációt jelző fénysugár tapadt rájuk. Lassan emelkedtek felfelé, miközben enyhén billegtek. Nézték a látóterükben egyre növekvő ezüstös zsilipajtót. Vércseppjeik sután lebegtek mellettük, néha megelőzve őket, vörös pacanyomokat hagyva a makulátlan fémtesten. A hajó igyekezett a lehető legóvatosabban feljuttatni őket. Az orvos android – minden hajó tartozéka – már egyből neki is állt stabilizálni a sérültek állapotát.

Az idegenek az emberek számára hagyták itt, ezért az android fel volt készítve ilyen helyzetekre is. Kéken csillogó fémteste kecsesen szorgoskodott a sebesültek közt. Tökéletesen megállapította a sorrendet – etikailag is. A két legsúlyosabb sérült Jan és Mirrord volt, viszont csak egy regenerációs kabin volt, amivel a súlyos sérülteket lehetett gyógyítani. Természetesen abba Jan került, bár Mirrord koponyasérülése súlyosabb volt. Miután a hatalmas android piheként felkapta és a regenerációs tartályba helyezte Jant, a biztonság kedvéért egy erőtérrel elkülönítette Mirrordot. Megpróbálta ellátni a lányt, de Konc még túlságosan izgatott volt. Idegesen repkedte körbe a hajóteret, majd az elkülönítő erőterét ostromolta éles rikoltásokkal.

Ide-oda csapkodott gazdája és az erőtér között, elméjét teljesen eluralta a düh és a harag, miközben szeretetteljes aggodalommal figyelte úrnőjét és a körülötte növekvő vértócsát.

Tikka kérte az androidot, hogy amíg Koncot megnyugtatja, addig a kutyát lássa el, mert az izgatott sólyom csak bajt okozna.

Már kezdte érezni a lüktető fájdalmat a vállában, de sikerült megnyugtatnia Koncot, aki végül engedte a robotorvosnak, hogy a lány vállát is ellássa. Tikka várakozás közben megpróbálta felvidítani magát, hogy ezáltal a sólyom is nyugodtabb legyen. A hajófal fényes felületén tükörbe nézett, és vihogva átkukucskált a vállán lévő lyukon. Tudta, hogy meg lesz gyógyítva, és nem marad még heg sem, bár a fájdalom egyre kínzóbbá kezdett válni. A vadász egyáltalán nem találta humorosnak, hogy átkukucskálhat a lány szétlőtt vállán, így elég morc tekintettel nézte Tikka nevetgélését. A robotorvos ellátta a sebet, kitöltötte egy gyorsan felfújódó anyaggal, ideiglenes mesterséges szövettel a lyukat, ami elállította a vérzést. Tikka viccesen egy smiley-t rajzolt rá a saját vérével. A fájdalomcsillapító is elég gyorsan hatott.

Végre helyet foglalhattak a makulátlanul tiszta hajóban, öszszesározva a falból lenyíló öblös székeket. Konc belekapaszkodott az egyik háttámlájába, és le sem vette a szemét az elkülönített, ájult Mirrordról.

SHIG bajban volt. Azt tervezte, hogy az úton megtanítja a lányt csillaghajót vezetni, ám a fájdalomcsillapító miatt nem volt biztos abban, hogy elég stabil lenne a telepatikus kapcsolat. Egy próbát mégis megér, elvégre ha így is képes vezetni, akkor bárhogy. Amennyire egy félig gép, félig érző lény képes gyűlöletet érezni, hát ő most azt érezte Mirrord iránt. Még el sem kezdte a terv kivitelezését, máris beleköp a levesébe egy beképzelt, agresszív, sértett hím! Nem sok kedve volt kínozni szerelmét, mégis kénytelen volt ennyi sokkhatás után újra próbára tenni. Azért hagyott neki pár percet megnyugodni.

– Jól vagy? – kérdezte a vadász.

– A lehető legjobban. Rég volt már részem igazi kalandban – viháncolt Tikka.

– Ez egyáltalán nem olyan vicces! Nagyon felelőtlen voltam. Sajnálom! Úgy tűnik, nem vagyok felkészülve az emberi gonoszságra. Nem volt hasonló eset nagyon régóta. Nem tudtam feltételezni, hogy megteszi! Az én hibám, mert letettem a fegyvert azért, hogy a te segítségedre legyek, és ezért veszélybe került mindenki – mondta bűnbánóan Shirok.

– Rá se ránts! Mind meggyógyulunk, és szerintem Mirrord is megbánja, hiszen mostantól rettegni fog attól, mikor állok bosszút! Az egész életét végigkíséri majd a félelem. Bűntudat, az nem hiszem, de elég büntetés lesz a saját rettegése, ami megkeseríti minden pillanatát. Magából indul majd ki. Várni fogja a bosszút minden pillanatban – mondta a lány.

– Azt hittem, tökéletesen irányítod az állataidat. Mégis, Konc... – váltott témát a vadász.

– Az a helyzet, hogy amikor az életem veszélybe kerül, akkor nem tudom az ösztönüket felülírni. Olyankor képtelen vagyok parancsolni nekik. Ez nagyon ősi ösztön bennük – magyarázta Tikka.

Ekkor hatalmas villám világította be a hajó ablakait, hatalmas csattanás hallatszott, a jármű imbolyogni, zötykölődni kezdett. Tikka lerepült a székről, a vadász röptében elkapta és megkapaszkodtak. Megszólalt egy géphang:

– Kérem, vegyék fel a stabil cipőket! A manőverezés és a hatból két hajtómű leállt, sérült az automata pilóta, készüljenek fel, és álljanak át manuális üzemmódra!

– Mi van? – kiáltott fel az immár rémült lány, miközben a lenyíló panelből előkerülő sarukat markolta. A testével próbálta átvenni a hajó himbálózásának a ritmusát, mint egy jó lovas. Féllábon hajladozva végre az egyik sarut felkapcsolta, nagy csattanással stabilizálta az egyik lábát a mágnes. Most egy lábon rögzülve hajladozott, majd lehuppant a padlóra. Felkerült a másik saru is végre, ám használatát nem igazán ismerte, és túl szétszórt volt a mozgatásának professzionális irányításához.

– Ismétlem, vegyék fel a stabilizáló cipőket, és álljanak át manuális vezérlésre, több rendszer megsérült – mondta a hajó, miközben érezhetően bukdácsolt.

– Ilyet már senki nem tud vezetni! – háborgott a lány, miközben érezte, a hajó hánykolódása ellenére stabilan áll. A saruk mágneses erővel tartották a lábát a padlózaton.

– Te tudsz –mondta a vadász –, te technikus vagy, értesz a műszerekhez, te hívtad a hajót telepatikusan.

– Oké, de itt nem látok vezérlőegységet, meg semmit! Én még autót sem vezetek! – mondta kétségbeesve a lány.

Ekkor a falból kinyílt egy érintőpanel.

– Tedd rá a kezed, és használd az interfészt! Ezt a hajót telepatikusan kell vezérelni. Csak gondolj arra, amit akarsz, megjeleníthheted magadban is az adatokat és a képet, vagy az ablakok szolgálhatnak kivetítőként. Koncentrálj, mert a gondolataiddal irányíthatod, nem szabad másra figyelned. A kutyád alszik és gyógyul, Koncra vigyázok, és igyekszem csendben maradni – mondta a vadász.

– Honnan tudsz te ilyeneket? – érdeklődött Tikka.

– Ne kérdezősködj! Vezess! – könyörgött a megtermett, bátor legény.

A lány esetlen léptekkel, a mágnescipőkben hangosan csattogva odakínlódta magát a panelhez.

Tikka szó szerint kézbe vette az irányítást. Ahogy a kezét a panelra tette, saját testeként érzékelte a csillagközi hajó határait, burkolatát, ellátórendszerét. Rájött, nincs ideje a hibát keresgélni; közeledtek Cikkalakkához. Nem igazán volt kedve becsapódni a kupolába. Kivetített mindent, mert úgy gondolta, a szerencsétlen vadász nyugodtabb, ha látja, mi történik. Kiküldte a nyitó jelet. A kupolán, mintha élő anyag lett volna, kialakult egy folyosó; akár egy hullámzó víztölcsér, melyben buborékok vannak. Leginkább egy keverés közben lévő pohár szódavízre emlékeztetett. Megpróbálta egyensúlyban, valamint a folyosón tartani a hajót, nem akarta súrolni az üreg falát. Sajnos megbillentek, kicsit érintették, ekkor megérezte, hogy lágy flexibilis anyag. Megnyugodott. Az átlátszó folyosón keresztül látta alattuk a várost, és az egyik épület tetején elkezdtek villogni a leszállófények.

Sínen vagyunk, gondolta, ám ennyi elkalandozás elég volt ahhoz, hogy a felvezető folyosó eltűnjön, s a hajó elkezdett a tengelye körül pörögni. Minden pillanatban, amikor fejjel lefelé lógtak, hálát adott az égnek, hogy nem vacsorázott, közben a vadász a háttérben üvöltözött, hogy „koncentrálj", ő meg azt, hogy „kuss". Végül a leszállóterület felett sikerült annyira stabilizálni, hogy nagy toccsanással megérkeztek.

– Hála a tervezőnek, hogy mindent ennyire rugalmasra csinált – mondta Tikka, majd elájult.

– Szép landolás volt – szólalt meg egy géphang.

Tikka megesküdött volna, hogy az érzéketlennek tűnő hangban kuncogás bujkál. Kinyitotta a szemét, és ösztönösen várta a vállába nyilalló fájdalmat. Nem volt semmi fájdalom. Tökéletesen egészségesnek, kipihentnek érezte magát. Egy nagyon szép, tágas szobában volt, gyönyörű kilátással egy virágzó rétre, ami magas hegyek alatt ékesítette a természetet. A kedvenc kék selyem ágyneműje, a kedvenc párnája, a kedvenc ágya! Minden, amit szeretett! Tág tér, friss levegő menta- és aloe vera illattal. Enyhe szellő, és a számára kedvező hőmérséklet, +30 Celsius fok. Egy kis komód, tetején a kedvenc menta-jázmin teája gőzölgött. Belekortyolt – igazi mézzel és citrommal volt ízesítve! Mellette egy tő kék rózsa, szép kínai cserépben, amin csodálatos, kékre festett sárkányok kígyóztak. Ekkor döbbent rá, hogy nem a kedvenc hálóingje van rajta, sőt semmi sincs rajta. Tükröt akart, ekkor az egyik fal átalakult tükörré.

– Nyoma sincs a lyuknak! Pedig kezdtem hozzászokni, hogy átlátható vagyok – viccelődött Tikka, majd hozzátette: – Persze te gép vagy, nem érted a viccet. Még felöltöztetni is elfelejtettél. Apropó, mi van a barátaimmal, és hol van Mirke, Konc és Dörmi?

– Értem a viccet. A barátaid és állataid jól vannak, máris aktiválom az interfészt, hogy érezd őket. Gratulálok Mirkéhez, végigaludta az egész kalamajkát.

– Nem aludt, hanem igyekezett engem nyugalomban tartani! – morgolódott a lány.

– Meggyógyultál, maradéktalanul, amint láthatod. A ruhát illetően azt kapod, amit kérsz. Meztelenül gyógyítottunk meg. Ugye nem gondoltad komolyan, hogy ruhástól raklak a regeneráló tartályba? Most pedig azért nincs ruha rajtad, mert gondoltam, egyből meg akarsz majd győződni az állapotodról, s úgyis levetkőztél volna. A másik oka az, hogy szeretlek így látni, mert nagyon szép vagy. Nem is értem, minek ezt takargatni! Bolondság, mint azt a szép rózsát, amivel vártam az ébredésed, felöltöztetni! Vagy húzzak a rózsádra is valami csomagolást? Akkor nem tudsz gyönyörködni a szépségében. Ráadásul él, mint te. Él, mint az én csodálatom irántad! A te véreddel locsoltam meg, utólagos engedelmeddel, hogy érezd, igazán a tied. Egy kis időt veled akartam tölteni, csak veled. Akkor, amikor felébredsz. A vacsoraasztalnál találkozhatsz a barátaiddal, állataiddal. Nézz a komódra! Találsz ott egy pohár igazi szederbort. Úgy tudom, a kedvenced. Azt hiszem, most igazán megérdemled. Mellette az e-cigarettád, feltöltve. Helyezd kényelembe magad, beszélgetni szeretnék veled.

– Felöltöznék – mondta szégyenlősen Tikka, miközben egy forgós, kényelmes, puha fotel emelkedett ki a padlóból, egyenes háttámlával, pontosan, ahogyan szerette.

– Nem ér rá vacsoráig? – kérdezte SHIG.

– Végül is, hiszen te csak egy MI vagy – mondta a lány.

– Biztos vagy ebben? – kérdezte a gépies hang.

– Nos, logikusan, az interfészen keresztül a hajóval is kapcsolatban voltam. Te mindent tudsz és látsz, szóval tudhattad, mire vágyom, mi a kedvencem. Nagyon kedves tőled, hogy ilyen figyelmes vagy – mondta Tikka, miközben helyet foglalt a kezében a borral, és elkezdte eregetni a párát.

– *Kedves, figyelmes,* mondtad te. Ezek a szavak érzelmeket feltételeznek. Tehát érzelmeket feltételezel egy gépről…

– Ez lehet egy program is, ami szándékosan az érzelmekre hat. Emberek is csinálnak ilyet; nem éreznek semmit, de eljátsszák.

– Biztosíthatlak, én nem játszom el, nem érdekem.

– Biztosíthatlak, tudom, hogy valamit akarsz tőlem. Mondd, mit szeretnél?

– Valóban szeretnélek megkérni pár nagyon fontos dologra, mégis érzelem motivált. Amit akarok, azt megoldom és megteszem. Elérhetem, hogy megtedd, amire kérni akarlak, nem szükséges kérnem és kedvesnek lennem.

– Igazad van. Nálad a pont.

– Azért teszem, mert szeretlek – mondta a gépies hang.

– Mégis hogyan lehetnének érzéseid? Mesterséges intelligencia vagy, nem biológiai lény.

– Nem emlékezhetsz rá, mert a te biológiai agyadnak paradoxon lenne, de mi nagyon régről ismerjük egymást.

– Istenem, ezt nem hiszem el! Ez olyan régi és ócska felszedős pasiduma, hogy már a huszadik században is elavult volt! Ki vagy te? A hangod is ósdi. Ennél jobbat csináltak már ötszáz évvel ezelőtt is.

– Shig vagyok. Valamikor ember voltam, később a tudatom eggyé vált az internettel, ahogyan akkor nevezték. Emlékszem az érzéseimre, és a teljes feltöltődésem előtt nagyon erős érzések kötöttek hozzád. Ez az érzés azóta is részem.

– Nem lehetsz a város MI-ja! Nem tudsz még számolni sem! Ez azt jelentené, hogy én… – hagyta félbe a mondatot Tikka.

– Igen, ez azt jelenti, és így is van.

– Én 30 éves vagyok! Nézd csak, nézd a testem! Sehol egy ránc!

– Emlékszel a gyerekkorodra? Bármire a kutatóállomás előttről?

– Nem, csak nagyon homályos képek vannak, sok fájdalommal és semmihez nem kapcsolódó érzésekkel – adta meg magát Tikka.

– Nehéz lesz megérteni, de amire meg foglak kérni, az már megtörtént. Ez időparadoxon. Azért kellett törölnöm a memóriád, hogy normális életet tudj élni, és el tudjalak rejteni biztonságos helyre. Az emlékeid, a valódi történelem, a lehetséges variációk mind el vannak rejtve egy bolygón, ugyanis a Földön megváltoznának, ahogyan a történelem a beavatkozások miatt. Ezért mindent egy bolygón rejtettem el. Nem tudom matematikailag levezetni neked úgy, hogy meg is értsd, de ha itt meg is változnak a dolgok, ott folyamatosan megtalálhatóak lesznek a különböző lehetőségek, múltak, amik mind megtörténtek. Ha vállalod az utazást a múltba és a múlt megváltoztatását, s ha jól sikerül, akkor számításaim szerint ötven év múlva elutazhatsz és megtekintheted az összes utazásod, valamint a paradoxonjait.

– Ezt nem értem. Ha a múlt megváltozik, akkor az egész történelem, minden. Ha ez többször történik, akkor is! Hogyan maradhat ennek nyoma? Maximum a legutolsó változásnak, vagy nem? Na és mihez viszonyítva ötven év? Ráadásul ez a beszélgetés is megváltozhat, szóval hiába ígérsz bármit, nem biztos, hogy egy megváltozott jövőben is megígéred.

– Úgy, édes, zseniális szerelmem, ahogy te magad számoltattad ezt ki egy szerelmes professzorral a 21. században. Vagyis az idő és a tér is változó, a gravitáció és a hőmérséklet függvénye. Az események minél távolabb vannak egymástól, a változás annál lassabban ér oda! Természetesen azok az információk is megsemmisülnek, ahogy a természetes hullám odaér.

– Szóval úgy érted, az a jutalmam, ha végrehajtom ismételten a feladatot, hogy megtudhatom, mit utaztam és mit alakítottam eddig a történelmen, és visszakapom az emlékeimet?

– Úgy értem, hogy mindenki életben maradhat, a civilizációnk fennmaradhat, te is életben maradhatsz, és megtudhatod, ki vagy valójában! Ez nem jutalom, hanem következmény. Ne tévesszen meg az, hogy ezt megbeszéljük! Te már döntöttél, elvállaltad és megtetted, különben nem itt ülnénk és beszélgetnénk. Viszont én szeretnék apróbb módosításokat az eddigi útjaidhoz képest, ezért beszéljük meg. No meg azért, mert ez így etikus!

– Ezek szerint volt már olyan, hogy akaratom ellenére, tudtomon kívül küldtél vissza?

– Igen – mondta SHIG bűnbánóan –, ezért gondolom úgy, hogy az a helyes, hogy megbeszéljük. A legutóbbi próbálkozásunk alkalmával elvetetted egy képlet magvát, mely szerint a sors annyira van megírva, mint egy hópihe; mind egyedi, mégis hasonló! Ennek az elvnek te és a professzor fektettétek le az alapjait. Az etikának vagy hiányának matematikailag kiszámítható következményei vannak. Most ennek a tudásnak a birtokosaként intéztem az utadat. Őszintén megmondom – bár nem fogod elhinni –, a legfontosabb az, hogy szeretném, ha életben maradnál! Két okból.

Egy; mert szeretlek, kettő; mert a legutolsó utaddal olyan dolgot adtál az emberi fajnak és a csillagközösségnek, ami tárgyalási alap a jelenben a karantén feloldása érdekében. Az erőforrások kifogynak. A világegyetem nélkül lassan, de biztosan kihal az emberi faj. A jelen állapot is nehezen fenntartható. Az idegenek segítsége nélkül az emberi faj szép békésen örök álomba szenderül. Egyre kevesebben vagyunk, és egyre gyengébbek. A nagy viharban meggyőződhettél róla: a múltból maradt időzített vegyi hulladékbombák még a nagyon erős vadak számára is lehetetlenné teszik az életet. Ha sikerrel jársz, ez lesz az utolsó utad a múltba. Van egy idegen lény, akivel minden alkalommal kapcsolatba kerültél, de nem kommunikáltatok. Nem része a csillagközösségnek, viszont találtam genetikai azonosságot veled.

– Oké, hogy néz ki?

– Azt nem tudjuk. Lefuttattam pár lehetőséget a génminta alapján, de túl sok a lehetőség. Soha nem látta senki. A múlt bejegyzései alapján ő egy láthatatlan lény, láthatatlan volt az életedben. Többször próbált veled kommunikálni, de mindig meghiúsult. Egyszer véletlenül megsebesítetted, innen szereztem génmintát. Van benne és benned egy olyan variáció, amit egyetlen más fajban sem találtam, a csillagközösség számára is ismeretlen.

– Te tartod a kapcsolatot a közösséggel?

– Igen. Az ő engedélyükkel küldelek vissza, sőt van még időd, ismerd meg a kupola titkait, élj kicsit itt. Utána a közösség bizottsága látni akar. Ha jóváhagyják és te is úgy döntesz, akkor visszaküldelek. Már teszteltem az utazást. Korábban is visszamentél, ez a beszélgetésünk nem az első ilyen. Többször megtörtént, mindig kicsit más eredménnyel, de a lényeg nem változott. Most kicsit csalni fogunk. Több segítséget kapsz a múltban, és nagyobb szabadságot a változtatásokhoz, hiszen ha nem változik semmi, nem lesz egyáltalán jövő! Már visszaküldtem pár segítőt, és visszaküldtem információt saját magamnak is. Minden eszköz a rendelkezésedre fog állni, minden segítség, amit tudunk biztosítani, és a te képleted alapján számoltuk ki a pontos érkezést.

– Mi ez a többesszám?

– A csillagközösség.

– Akkor megsértették a karantént!

– Igen. Ebből is láthatod, mennyire fontos a küldetés. Ők vállalták, hogy egy teljes flottát is visszaküldenek azért, hogy a te munkádat támogassák, vagy azért, hogy felügyelet alatt tartsanak, de ez lényegtelen. Ez lesz az ötödik utad, eddig nem kaptál ennyi támogatást. Pont a képleted szerint fejlődik ez a dolog is, ezért ennek az útnak sikerülnie kell! A csillagközösség is bajban van, az új faj zavart okoz. Az ő problémáikra is a te utad a kulcs. A legfontosabb, hogy vedd fel a kapcsolatot a láthatatlan idegennel, ezért a szokásosnál több emlékkel mész vissza, és nagyobb támogatással. Meg kell találnod a vegyi hulladékot is, ami ezt a katasztrófát okozta, de ezt csak az idegen segítségével tudod. Tulajdonképpen a múltban te leszel az egész akció parancsnoka. A közösség megígérte, a flotta is engedelmeskedni fog, bármit kérsz. Bármit, bár én nem ajánlanám, hogy rájuk hagyatkozz.

– Ilyen nagy a baj?

– Ilyen nagy.

– Miért én?

– Rólad maradt fent a legtöbb adat a mi szerelmes viszonyunk miatt. Őrülten szenvedtem miattad. Nem érinthettelek, nem ölelhettelek. Minden lépesedről tudni akartam. Használtam a hálót, a titkosszolgálatokat. Mindent felhasználtam, csak hogy a lelkemben levő éhség csillapuljon. Mégis, minél többet tudtam rólad, annál inkább vágytam rád. Ezért nagyon pontos adatokkal rendelkezünk az akkori életedről. Amire te gondoltál, azt megpróbáltam megvalósítani. A saját digitális másolatomat is csillagkörüli útra küldtem, hogy megőrizzem neked. Ez egy saját farkába harapó kígyó, egy paradoxon, de másképp már nem létezne semmi. Az emberiség régen kiirtotta volna magát. Bár sajnos úgy tűnik, csak időt tudtunk nyerni.

– Ez így nekem elég zavaros – mondta Tikka.

– Nem baj, nem is kell értened mindent. Csak légy önmagad. Most viszont szeretném, ha pihennél, kikapcsolódnál, információkkal, érzésekkel töltődnél fel.

– Ugye ez is a bizonyos képlet része?

– Igen. Szeretnénk ellátni még téged pár implantátummal. Tudod, abban a korban még sok nyelven beszéltek, nem létezett telepátia, sem erősítő interfész. Te most ezekkel mész, és még pár nanorobotot is kapsz, meg egyebeket, de ezt már a közösséggel kell majd megbeszélned. A többi technikát és beültetést ők adják.

– Ezt nagyon át kell gondolnom.

– Természetesen! Most kérlek, válassz ruhát a vacsorához! Mutatom a lehetőségeket a képernyőn, válassz egyet és mondd meg, Mirrorddal mi legyen! Téged akart megölni. Mi legyen a büntetése?

– Először mutasd meg a valódi kilátást, utána válaszolok. Légy oly kedves újratölteni a poharam is, és szeretnék egy doboz valódi cigarettát. Közben gondolkozom, ne zavarj!

– Rendben, szólj, ha zavarhatlak!

Az az igazság, hogy a lelkem mélyén mindezt tudtam. Hiába törölték az emlékezetem, a tudatalattimban, a zsigereimben megmaradtak az emlékek. Igazán meg sem lepődtem. Sokan, sokat hazudtak már nekem. Szerelmet is. Az érzéseim emlékeztek erre, akkor is, ha az elmém nem. Tudtam, Shig valóban szerelmes, akármennyire furcsa is ez. Jelenleg a bolygón a leghatalmasabb lény a tenyeremből eszik, még sincs szándékomban visszaélni vele. Viszont tudom, teljesen biztonságban érezhetem magam, mindent meg fog tenni értem. Ő megpróbál olyan idősíkot teremteni, amiben én élek, és a civilizációnk is. Ha nem lenne pontos számítógép, azt hinném, a szerelmes vágyaihoz igazítja az ideológiát. Ez viszont kizárt.

Kitűnő példája a szív és az értelem egybehangzó döntésének. Valószínűleg pont erről szólt az egyenletem. Amennyiben ez így van, tényleg az általa javasolt út az optimális. Rágyújtottam, mélyen letüdőztem a káros kátrányt és a mérgező anyagokat. Ez a legkevesebb, amitől félnem kell. Mindig is az elmémet, a személyiségemet és a tudatomat féltettem. Vajon a személyiségem nem veszett el az emlékeimmel? Néztem az ismerős várost. Magasan, egy toronyépületben voltunk.

Néztem az épületek tetején, teraszain zöldülő, burjánzó dzsungelt. A léleknek is jó, és fenntartja a búra alatt élők levegőjét. Kis tavak is voltak, teli planktonokkal. Csodálatos is lehetne, ha nem látnám az égbolt ijesztő színeit, és nem tudnám, milyen kegyetlen, maró eső és világ van odakint. Ebben a szép biztonságban könnyű megfeledkezni a bolygó valóságáról. Odasétáltam egészen közel az ablakhoz. Mintha a világ szélén állnék, kicsit szédültem, kicsit rémisztő volt, pedig a tudatom tudta, nem eshetek le, az ablak nem törhet be. Tudtam közben, hogy maga az ablak energiát termel, napenergiát; csupán ez a felület elég a fűtés és az elektronika biztosításához, miközben képernyő vagy irányítópanel egyben. Borzalmas volt belegondolni, hogy tulajdonképpen a pokolba küld engem az, aki szeret, a 21. század gyilkos borzalmaiba. Etikátlan, erkölcstelen érdekemberek, illúziók közé. Hogyan fogok beilleszkedni? Hogyan bírnám elviselni? Főleg az interfészről, nem beszélve arról, hogy ki tudja, még mit akarnak belém ültetni! Bármire fogadtam volna, nem tudom meg, a közösségnek mi a baja azzal az idegennel, csak ha ott leszek. Kortyoltam egyet a borból, ami vérvörös mosolyt festett az arcomra, beleszívtam a cigarettába. Lám, én is élvezetemért most szennyezem ezt a kényes egyensúlyt. Milyen nagy erőfeszítés volt ezt megteremteni! Milyen kár, hogy Shig csak elme, gép, nem pedig ember! Most megölelném. Ezt ő teremtette. Nélküle ez nem lenne. Még ez sem lenne. Borzalmas. A nagy küldetés előtt még lelkiismeret-furdalás nélkül dohányozni sem tudok. Legalább ebben felismerem magam. Minden olyan ismerős volt, és olyan csodálatos, nagyon nehéz volt felfogni a törékenységét. Pedig az volt, nagyon törékeny egyensúly. Kezdtem tiszteletet érezni a sok kis hangyának nevezett ember iránt, hiszen nélkülük semmi sem lenne. Igaz, ők már valahogy nem igazán értik, fogják fel és értékelik. Igazából tudtam már, hogy meg fogom tenni. Nem csak értük, hanem a sok magára hagyott sav-marta, küzdő, fájdalommal teli állati és emberi életért! Vajon a sok Romával, a vadakkal mi van? Mindnek jutott hely ebben a kényes egyensúlyban?

– SHIG!

– Igen. Mézbőrű kedves, mit szeretnél?

– Mi lett a vadakkal, a Romákkal, az állatokkal? Mennyit tudtál megmenteni? El tudod helyezni őket? Hogyan férnek el a kupola kényes egyensúlyában?

– Nem akartam mondani. Nem akartam elrontani a kedved. Sajnos 62% meghalt menekülés közben. Kevés mentőhajó volt. Mire a közösség segítséget küldött és ideiglenesen feloldották a karantént, késő volt. Sokan nem vették fel az okosruhát, büszkeségből. Sajnos nem tudtuk megoldani.

– Az igazat! Képeket! Mutasd!

– Ruhát kellene választanod a vacsorához!

– Mutasd, SHIG!

– Rendben.

Menekültek, miközben a sav marta a bőrüket. Néhányukon volt okosruha, de a maró esőt az sem bírta, csak a szenvedés idejét növelte. Gyerekek, felnőttek, rohantak a tenger felé, bíztak abban, hogy a vízben oldódik a sav, és talán van esély. Tévedtek. Az óceánokat haltetemek borították, a hús szinte elpárolgott. A mentőhajókon egymáshoz préselődött emberek, némelyik a hajón fulladt meg, mert nem volt annyi hely, hogy levegőt vegyen. Az androidok kapkodták el az embereket. A saját testükkel védték, de hamarosan a fém is feloldódott. A növényzet teljesen eltűnt. Elolvadt szinte.

– A kupolák nem sokig bírják a terhelést! Arányosan elosztottuk a megmentett népességet. Az élővilágból már korábban tettem félre petesejtet és genetikai anyagot, ha szükség lenne rá, és képesek leszünk, újra tudjuk éleszteni. Egyedül viszont nem megy. Szükség van a közösségre. Már a kupolákon belül is problémák vannak. Szinte lehetetlen az elkülönítés, mert nincs hely, és hát te is a vadak közt éltél, tudod. Nem bírják a szabályokat.

– Mi történt valójában?

– Az emberek az óceánokba, tengerekbe temették a szemetet, a hulladékokat, vegyi és radioaktív anyagokat. Nem volt pontos térkép sem. Amit tudtam, azt egy kisbolygóra elszállítottam még a karantén előtt. Ha nincs a karantén, folytattam volna a munkát. Fel akartam robbantani a kisbolygót, és így biztonságosan megsemmisíteni a szemetet. Egy földmozgás és a korrózió egy nagy mennyiségű radioaktív és savas vegyi anyagot szabadított fel. Bekerült a légkörbe és csapadékként lehullott… Ez történt.

– Ezért kell megakadályoznod a karantént! Ha nincs karantén, van időm eltüntetni az összes ilyen időzített szemétbombát. Ha fel tudod deríteni a szennyezőanyag helyét, tedd, de az a sokadrangú feladat! A galaktikus tanáccsal ápolt jó viszony segít megelőzni a bajt. Ez mind nem történik meg, ha a közösség nem zárkózik el a társadalmunktól. A legfontosabb a láthatatlan idegennel való kapcsolat, hiszen ha sikerül megvédenünk a közösséget, ők megvédenek minket. Még a közelébe sem kerülünk a jelenlegi katasztrófának. Ám indokként az utazásra ezt jelöltem meg elsőrendű feladatként, és a kapcsolatteremtést. A karantén feloldásáról hallani sem akarnak. Számunkra viszont az a legfontosabb!

– A többiek tudják, mi történt?

– Nem, neked kell közölni. Én már nem rendelkezem az ehhez szükséges tapintattal. Mi legyen Mirrorddal?

– Adj neki valami puccos ruhát. Attól elégedett lesz, és biztonságban érzi magát. Jöjjön a vacsorára. Viselkedj vele úgy, mintha nem tudnád, mi történt.

– Tudod, hogy én legszívesebben megkínoznám? Na, mindegy, te döntesz!

– Mennyi ideig voltunk regenerációs fázisban?

– Öt napig.

– Ők is ilyen szobát, meg mindent kaptak?

– Nem, Tikka, ezt a luxust csak neked tartogattam. Ők elkülönítve, kórházi kórteremben vannak, androidok foglalkoznak velük. Most felszabadult néhány helyiségem. Kapnak ők is külön szobát, és még a vendégeknek is jut majd. Sajnos, mert ez azt jelenti, hogy a túlélők is fogyatkoznak.

– Csak én megyek, vagy mások is?

– A te döntésed, te vagy a kapitány, időnk van.

– Úgy látom, nincs.

– Tudod, ez relatív.

– Nos, akkor tölts, és mutasd a ruhákat! Valami szép zenét is szeretnék.

– Dvořak, Új világ szimfónia?

– Jöhet!

Szebbnél szebb kisestélyik közül választhattam. Élveztem a szederbort, a cigarettát. Már nem aggódtam a szennyezőanyagok miatt. Tomboltam. Andoriddal új frizurát csináltattam. Ragyogtam! Biztos voltam benne, hogy feltámasztom azokat a halottakat! Megváltoztatom a világot! Muszáj! Jól éreztem magam, mert talán én voltam az egyetlen, akinek nem tehetetlenül kellett néznie a katasztrófát, aki tudta, ez megváltoztatható. Szinte megrészegített a hatalom és a bor. A hatalom mások élete felett. Az a hatalom, amivel képes vagyok szenvedést vállalni, lemondást, mások megmentéséért. Mert ez a valódi hatalom! Egy huszadik századi könyvben olvastam, hogy nincs nagyobb gyönyör, mint ölni. Megdöbbentett. Az író azzal magyarázta, hogy a másik élet felett való rendelkezés, a hatalom okozta halhatatlanság érzete az oka. Valóban lehet igazság benne, de mennyivel nagyobb hatalom önmagunk uralma, és felvenni a harcot a mindenki felett kaszát lengető öreg halállal szemben.

– Tudod, Tikka, az egyik tag a közösségből azt mondta, egy egész flottát felajánl a védelmedre, mert te gyenge vagy, nem tudsz ölni – mondta SHIG, mintha a gondolataimban kószált volna.

– Tudod, SHIG, ezt mintha hallottam volna valahol. Szerinted kék legyen, vagy fekete?

– Szerintem ha a hajad kék, akkor a ruha fekete. Jó. Az jó lesz.

– Szóval az, akit kiválasztok, jön velem vissza? Úgy, ahogy én gondolom?

– Igen, ez a te küldetésed, meg kell bíznunk benned.

– Ezt nem te találtad ki, ugye?

– Ez a közösség feltétele, miután olvasták a képleted részletét. A tiéd az út!

– Ki is volt az, aki gyengének nevezett? – kérdeztem, miközben letéptem egy szirmot a rózsámból és elrágcsáltam.

– Ez fájt neki! Tudod?

– Tudom.

Amennyi fájdalom volt az elmúlt napokban, ez a kicsi elfér.

– Tudod, azt hiszem, ennyi idő is kevés volt ahhoz, hogy értselek.

– Tudom, és még bort, cigit, hangosabb zenét. Sminket!

– Nincs smink.

– De!

– De nincs!

– Miért?

– Látni akarom az igazi arcod, amíg lehet!

– Szóval tudod, hogy ezt a kalandot nem élem túl.

– Valójában semmit nem tudok. Ezért szeretnék most annyi örömöt adni, amennyit tudok.

– Nos, nem ismersz. Túl fogom élni.

– Számításaim szerint erre nem sok esélyed van. Ennyi utazás véglegesen roncsol, és az elméd sem képes ezt feldolgozni. Ez lesz az utolsó utad az előrejelzések szerint, de te soha nem az algoritmusok szerint működsz.

– Valójában mennyi idős vagyok?

– Nem tudom.

– Hogyan?

– Én hatszáz évről tudok, de előtte is találtam nyomokat. Ezért vagy a legalkalmasabb az útra; te nem ölheted meg a szüleidet, mint abban a régi viccben.

– Oké, ez a másik téma. Szóval már sokszorosát éltem, mint mások, mint pl. az a gyerek, akit szétmart a savas eső. Ideje távoznom, és ezt másokért tehetem meg. Életet adhatok a halállommal. Egész jó üzletnek hangzik.

– Számomra nem, én szeretlek!

– Rúzs?

– Na, jó! Rendben – sóhajtott. – Komolyan gondolod?

– Komolyan!

– Akkor vörös.

Már mindenki az asztalnál ült. Úgy éreztem magam, mint egy hercegnő. A tekintetek rám szegeződtek. Jan ajkát hatalmas sóhaj hagyta el. Mirrord feszengett. Mindenki felállt, de csak Jan húzta ki a szépen faragott fa széket az asztalfőnél, jelezve „királynői méltóságom". Halk zene kísérte a bevonulásom. Az asztalon változatos finomságok, az utolsók, amik a vadonban teremtek. A környezet kastélyszerű. Még a vastag, vörös brokát függönyök is lebegtek. Hallani lehetett a szél zúgását, az ég távoli dörgését. Néha egy villám hasított át a kupolaváros egén, akadálytalanul áthaladva az ablaküvegen, színes fénycsíkokat rajzolva a gyertyafényes környezetbe. SHIG valóban nagyon színpadias jelenetet alkotott. Az asztalon rengeteg finomság és sok rózsa, mindenféle színű.

Az utolsók, gondoltam.

Ők nem tudták, amit én. Dörmi boldogan rám ugrott és pofán nyalt. Tiszta mázli, hogy tartós rúzst használtam. Konc az asztalon ült, és szemmel tartotta Mirrordot. Mirke a körmeit élezte a vaskos tölgyfaasztal lábán. Királynői tartással végignéztem rajtuk, tekintetem egyenként megpihent mindegyiken. Opsz! Hol a vadász?

Az egyik ablaknál épp félrehúzta a függönyt, és láthattuk a gyanúsan narancssárga égboltot. Elgondolkodva nézett rám. Jan az asztalfőnél kihúzta a széket és várt rám. Kicsit vártam, hogy megszólaljon. Felhívja figyelmünket arra, hogy az étkezésre koncentráljunk. Aztán rájöttem, már nem a főnököm, és ezt nem ő főzte. Helyet foglaltam. Hű kutyám mellém ült, éber tekintettel. Fekete selyemruhám elég sok látnivalót engedett, szorosan a testemhez simult, mély dekoltázzsal, a hátamat fedetlenül hagyva. Mindenki leült.

A jó modor környezetfüggő, gondoltam, hiszen még Mirrord is alkalmazkodott a környezet által kikényszerített stílushoz. Mirrord és Konc igen türelmes párbajt vívtak. Konc élvezgette a hatalmát, egy-egy hirtelen, szimulált támadó fejmozgással reflexszerű hátrarándulásra kényszerítette ellenfelét. Kívülről

komikusnak hatott ez a nagyon is éles és komoly lelki terror.
Érezni lehetett a félelem szagát. A vadász is visszasétált és leült.

– Valamiféle beszédet kéne mondanod – közölte Jan.

– Nos, rendben – mondtam, és gondolatban utasítottam az
androidokat, akik türelmesen várakoztak, hogy bontsák fel a
pezsgőt és töltsenek. Egészen kezdtem megszokni, hogy az el-
mémmel irányítom a dolgokat. Megértettem a „kis szürke han-
gyákat". Ezt a kényelmet meg lehet szokni.

– Örülök, hogy mind ép bőrrel és sok tanulsággal megúsztuk
ezt a meglehetősen különös kalandot. Ideje enni, mert nem tud-
hatjuk, milyen kalandok várnak még ránk – mondtam, és együtt
felhörpintettük a pezsgőnk. Ki-ki szedett magának ízlése szerint.
Még én is elkaptam egy csirkecombot, mert hát sajnos szegény jó-
szágnak már mindegy. Igaz, sejtettem, hogy szintihús, de ez jelen
helyzetben nem számított, akár igazi is lehetett volna. Ráadásul
ha én elég erős vagyok – leszek! –, az egész fajtáját megmenthe-
tem. Szóval saláta, sült csirkecomb. Naná, hogy csak úgy, vadember
módjára. Legnagyobb döbbenetemre pont Jan volt, aki megszólalt.

– Tikka, te tudod, mi folyik itt? Mert én bajt érzek. Nagy
bajt – mondta.

– Tudom. Épp azt ünnepeljük, hogy nekünk sikerült élet-
ben maradni.

– Ez azt jelenti, hogy másnak nem? – kérdezte a gyors ész-
járású kínai.

– Azt – válaszoltam.

Mindenki abbahagyta a rágást. Mirrordot kivéve. Fél perc
csend után folytattuk a táplálkozást, abban az ihletett hangu-
latban, amit Jan minden étkezésnél elvárt volna.

Na, most megkapták, gondoltam. Végül is diplomatikusan kö-
zöltem velük. Mindenki úgy élvezte az ételt, mint a legkülönle-
gesebb dolgot, amiben része volt. Mikor végeztünk, az asztalra
került a bor, sör, szivar, cigaretta.

– Ez az utolsó vacsora? – kérdezte Mirrord.

– Ahogy vesszük – mondtam mosolyogva, és élveztem, hogy
már szinte remeg a félelemtől.

– Mondd! – kérte Jan.

– Nos, vissza fogunk menni az időben, hogy ezt mind megváltoztassuk. – Igazán nem értettem, miért rám bízta ezt a feladatot SHIG. Valahogy nekem nem ment a diplomácia.

– Mind? Mit? – kérdezte a vadász.

– Mind – feleltem.

– Mirrord is? – kérdezett rá a vadász.

– Mirrord is – válaszoltam.

– Hova? Miért? – kérdezte Mirrord.

– SHIG, mutasd meg nekik! – kértem.

A hatalmas függönyök félrehúzódtak, az ablakok képernyővé váltak, megjelent a kinti öt nap valósága. A hosszúra nyúlt csend után megszólaltam:

– A 21. századba megyünk vissza az időben. Ezt megváltoztatjuk. Felderítjük a szennyezőanyag helyét, kapcsolatot teremtek egy idegennel, hogy ne legyen karantén alatt a Föld, és SHIG biztonságosan eltávolítsa ezt a vegyi bombát. Ő elküldi egy aszteroidára és megsemmisíti. Ez a terv.

– Hogyan képzelted? – kérdezte Jan.

– Úgy, hogy ma bulizunk, holnap elkezdünk körülnézni itt, a kupolában. Megjegyzünk, amit csak tudunk, közben én kidolgozom a pontos tervet, egyeztetek az MI-jal és a csillagközösséggel. Mindenki megkapja a feladatát és eszközeit, aztán mehetünk.

– Mirrord jön? Miért? Nem emlékszel? Meg akart ölni! – háborgott a kínai.

– Tudom. Jön, szükségünk lesz rá abban a barbár időben. Nem tudom, hogy ti szoktatok-e régi könyveket olvasni. Én szoktam. A huszonegyedik század valósága összetettebb és bonyolultabb, mint amit mi ennyi idő távlatából felszínesen ismerünk. Azok, akik abban az időben éltek, ők sem látták át egészen, hiszen mindent valamely hatalom érdekeinek tükrében láttak. Ám az olvasásnál is elfogult az ember, hiszen az író szemszögét látja. Amit eddig tudok, az is elég borzalmas, a valóság a sokszorosa lehet. Kellenek olyan emberek, akik elég céltudatosak és gátlástalanok, hogy kikövezzék az utunkat a terv felé. Szükségünk lesz kapcsolatokra, egzisztenciára. Valakire, aki jól boldogul az érdekhálózatban, és pénzre is szükségünk lesz. Szóval kell a tervhez Mirrord. Nem fog ránk támadni, hiszen nélkülünk nem jut vissza, és nem kapja meg a jutalmát. Ő képes ölni is, mint a 21. századi emberek legtöbbje.

– Én is képes vagyok – lépett be az ablakon egy hatalmas termetű humanoid.

Engem és állataimat nem csaphatott be. Tudtuk, hogy idegen. Na, most legalább megtudtam, ki az a bizonyos közösségi tag, aki hajót küldene.

– Remek, akkor a két gyilkos most bizonyítsa be egymáson! – mondtam nevetve.

Mirrord nagy bátorságról tett bizonyságot; egyből elhajította a kését az idegen felé, aki egyszerűen arrébb lépett. A kés elszáguldott mellette.

– Ha megöljük egymást, kit viszel magaddal? – kérdezte az idegen.

– A győztest – válaszoltam.

– Nem az vagy, akinek SHIG leírt. Remélem, tudod, csak azért nem ölöm meg ezt, mert terved van vele – mondta, és kétméteres magasságával szinte betöltötte a teret. Mirrord fölé magasodva kedvesen mosolygott. Hát, a vágyam, hogy ismerje meg ez a gazember a félelmet, maximálisan teljesült. Hirtelen erős vágy ébredt bennem az idegen iránt, valami állati ösztön. Lenyűgözött hatalmas termete és a belőle áradó brutális állatiasság, ami jelentős értelemmel keveredett. Nehéz volt elképzelnem, hogy ez a vadaknál is vadabb lény közösségi tag. Sőt nagykövet. *Bár, gondoltam, biztosan elővette a legdurvább formáját a beilleszkedés kedvéért.* Sok volt ez nekem teli gyomorral és pezsgővel. Egy böffentés keretében közöltem:

– Na, tedd le a valagad! Ha harcolni nem akarsz, inkább egyél valamit!

– Senki nem mondta, hogy nem akarok harcolni, csupán nem tartom méltónak rá – mondta az idegen.

– Nos, szép előadás volt. Ideje lenne bemutatkozni – kértem.

– Tigris vagyok. Csókolom.

– Na, ne mondja nekem senki, hogy „csókolom", csak aki adni is akarja – mondtam kissé ingerülten.

– Nos, ebben az esetben szép estét – mondta.

Valahogy éreztem az adrenalint; felbosszantott, hogy van, aki még ezt a napot is el tudja rontani. Mit képzel ez a szörnyszülött, hogy nem akarja tökéletes testem csókolgatni? Ez direkt sérteget engem női mivoltomban? Felemelkedtem a székből, a szemeim szikrákat szórtak. Ránéztem, és öt métert repült. Miközben feltápászkodott, megjegyezte:

– Úgy tűnik, kifogástalanul működik a jelerősítő implantátum.

– Nem arról volt szó, hogy én döntök, és majd csak később lesz beültetve? – kérdeztem.

– Mi már döntöttünk! – nyilatkoztatta ki.

Ekkor valami elszakadt bennem: egyszerre támadtam a mentális implanttal, fizikailag és az állataimmal. Még a böfögésről is megfeledkeztem. Konc a szemére ment, Dörmi a hasát támadta, én mentálisan egy kiadós talpast mértem a pofátlan pofájára. A végső győzelmet Mirke aratta: egyből eret kapott, és fogta. Ha az androidok nincsenek, ott vérzett volna el. Azonnal ellátták, én meg a most már véres kisestélyimben visszaültem a szederboromhoz, s rágyújtottam. Visszahívtam állataimat, és a győztes kényelmével fújtam a füstöt. Néztem azt a lényt, aki tíz másodperc alatt képes volt szörnyeteggé változtatni. Kihúzta a széket és leült velem szemben. Mélyen a szemembe nézett.

– Vesztettem – mondta –, de nyertem is. Valóban alkalmas vagy, de ezek itt meg sem mozdultak. Nem volt idejük rá. Viszont egyedül nem tudtál volna legyőzni.

– Előnyben voltál, neked volt információd rólam. Felkészültél. Én biztonságban éreztem magam, és jóllakottan pihentem. Semmi információval nem rendelkezem rólad. Váratlanul érkeztél. Egyedül Mirrord támadott, ezért akarom vinni őt is.

– Jó érv – mondta cinikus mosollyal –, bár szerintem csak szexuális segédeszközként akarod magaddal vinni, mert megszoktad már.

– Azt szeretnéd, ha téged használnálak erre a célra? Te más fajhoz tartozol! Ki tudja, mi vagy valójában! – mondtam.

– És te tudod, mi vagy? – kérdezett vissza.

– Valóban nem tudom már – mondtam és támadtam. Egyedül. Szinte repültem, lábaim hangosan csattantak rajta. Felbo rult a székkel, a magassarkú cipőm sarkai mélyen behatoltak a lágyrészeibe. Mégis talpra állt, és elindított egy ütést, ami nem érkezett meg: újabb hívatlan vendég jött. Alig volt alacsonyabb és vékonyabb az idegennél. Egy laza, csavaró mozdulattal hárította az engem célzó öklöt, majd alig-mozdulatokkal takarította a romokat. Az idegen testével. Szinte azt vártam, hogy harc közben az összetört széket is helyreállítja. A hatalmas idegen rongybabaként repült, esett. *Nos*, gondoltam, *végül is élvezhetem az estét és az előadást.*

Jan kihúzta a széket, töltött, meggyújtotta a cigarettám, és egy finom, alig érezhető csókot lehelt a nyakamra. Félig az esemény és közém helyezkedett. Kezdett magához térni a meglepetésekből. Néztem, figyeltem, gondolkoztam. Mindenki elfogadta az irányításom, mindenki az állataim viselkedéséhez igazodott. Az idegen a dominanciámat, a döntési jogomat kérdőjelezte meg nem csak a csapattal kapcsolatban, hanem a saját személyes döntésemet szabotálta. SHIG nem véletlenül hagyta. Igazából nem lehetett megölni senkit ilyen orvosi technológia mellett, ezt tudtuk. Minden készen állt a sérülések ellátására.

Végül is a huszonegyedik századba megyünk, meg kell tanulnunk küzdeni, minden helyzetben. A dühöm mellett elismerést is éreztem, bár a „királynői" méltóságomból már nem akartam lejjebb adni, a szakadt, véres ruhám ellenére sem. Na és a körömcipőm is az idegen gyomrában, vagy nem tudom miében ragadt. Lassan feltűnt, hogy a megmentő harcosnak csak fél keze van. No, igen, ennyit a 21. század félreértelmezett evolúciós elméletének, darwinizmusnak, avagy az eugenika tanainak a realitásáról. Ez a félkezű szó szerint fél kézzel tanította illemre az ismeretlen szörnyet. Egy darabig figyeltem, memorizáltam a mozgástechnikát, aztán éltem parancsnoki jogaimmal, s elüvöltöttem magam:

– Elég! Kérem a szörnyet a lábaim elé terítve!

Nos, az ismeretlen szörnyike padlón csúsztatással felszolgáltatott, meztelen lábamnál landolt. Nem tudom, mit kevert SHIG a borba, de alapvető állati ösztönök szabadultak fel bennem. Ráléptem a termetes idegen arcára a meztelen talpammal és közöltem vele:

– Lenyalod!

Az idősödő, félkezű úriember felemelte Tigris fejét és ráhelyezte a lábfejemre. Komoly elégtételt éreztem, amikor halottam a cuppanást, és éreztem a vérrel keveredett nyálát a lábamon. Azt hiszem, az első kör dominanciaharcot megvívtuk.

– Jól van. Szóval először egy kismacska győzött le téged, nagymacska, most meg egy félkezű! A játszmát befejezettnek tekintem. Azt hiszem, tanultál némi alázatot az emberi fajjal szemben, legalábbis agresszió terén, mert a te kétségeid erre vonatkoztak – mondtam, és az androidokkal kivitettem gyógykezelés céljából az idegen megszégyenített, félig ájult lényét.

– Vodkát? – kérdezte mosolyogva az ismeretlen, félkarú nem rabló.

-Egye-fene, mi bajunk lehet, ezt a napot már úgyis elnyelte egy zŰrbéli Pöffeteg!-sóhajtottamEközben sem állataim, sem Jan nem lazított a figyelmén. Az idegen elérte célját; elzavarta a meggyőző varázslatot. Valahogy most már mindegy.

– Legyen vodka.

Közben próbáltam megfejteni a rejtélyt. Egy újabb nagykövet? Teszt ez végig? Biztosan! Hiszen SHIG akarata ellenére itt nem történhet semmi.

– Ndrov – mondta az idegen, és mire megemeltem a poharat, ő már lenyelte az italt.

– Igor vagyok. A múltból jöttem segíteni, és majd vissza is megyünk.

Ez volt az a pillanat, amikor arra gondoltam, hogy túl súlyos a sérülésem. Mirrord golyója kómába taszított és lázálmodom.

Cigret, gondolta Igor, és máris nyújtottam felé a saját mentolos készletem. Eddig én voltam az egyetlen dohányzó a csapatban, úgyhogy Igor egyből szimpatikus lett. Megnéztem jobban. Semmi dagadó izomzat, kicsike pocak, laza husika. Műkéz! No, és ez feltakarította a padlót azzal a pofátlan izom- és testkolosszussal. Ráadásul kitűnő a modora. SHIG stílusosan betett valami régi orosz zenét, ne legyenek kétségeim Igort illetőleg.

– Én orosz – mondta, mintha nem jöttünk volna rá. – Te adtál nekem időt, helyet, én jöttem neked segít. Te lenni, kedves kis gömböc, pici lány, bajban. Én vagyok nagy harcos, kell megmenteni kicsi, gömböc lány!

– Rendben. A „gömböc" jelzőt azért a te biztonságod és az én megviselt idegeim kedvéért hagyjuk ki a kommunikációból – mondtam, és közben ráadtam egy az androidok által a kezembe nyomott fordító fejpántot.

– Te vagy Tikka, ugye? Jól lefogytál, nagyon szép hölgy lett belőled! – Órák alatt már másodszor gyalogoltak bele a nőiességembe. Nem csókol a Tigris, aztán meg a „kisgömböc" jelző, de legalább szép hölgy lett belőlem a véres kisestélyimben, enyhén megviselten, mezítláb. Milyen lehettem előtte?!

– Örülök, hogy mindenki tudja, én ki vagyok, de te ki vagy?

– Igor vagyok, a nagy harcművész. Orosz. Te adtad a koordinátákat, kérted, menjek oda, és jött egy szél és itt voltam, és láttam, az a bajkeverő bántani akar. Te ezt tudtad előre? Miért akar bántani az az ember? Hol vagyunk?

– Igor, te most a 27. században vagy. Mind nyakig vagyunk valamiben, amit én sem értek, de úgy tűnik, én szerveztem meg. Megtennéd, hogy elmondod, milyen emlékeid vannak rólam? Mert én, mi nem emlékszünk!

– Ki akarok nézni az ablakon – mondta Igor.

– SHIG, ablak! Légy szíves! Kérlek, mondd meg! Te ebből mennyit tudtál?

– Ablak. Valóság mutatva – sóhajtotta SHIG, miközben Igor már nézelődött. – A többit személyesen, Tikka. A jelen helyzet számomra is érdekes.

– Szép ez a jövő – mondta Igor, elnézve a zöldbe borult toronyházakat.

– SHIG, mutasd meg még egyszer mindenkinek az elmúlt napokat, ahogy nekem.

Közben visszakerült az idegen is. Mindenki az ablakon végigfutó szörnyű képeket nézte a haldokló, menekülő emberekről. Az élővilág tetemeit.

– Nos, ezért vagyunk itt, hogy ezt megváltoztassuk együtt. Ha ügyesek vagyunk, ez, meg még nagyon sok szörnyűség meg sem történik. Visszautazunk az időben, megváltoztatjuk a jövőt, a jelent, vagy az isten tudja, mit.

– Hitlert kinyírhatjuk? – kérdezte Igor.

– Egyszerre egy probléma – mondtam. – Amúgy meg szerintem nem, mert akkor mi meg sem születünk, és nem lesz időutazás, és nem mehetünk vissza. Emiatt be van határolva, meddig mehetünk vissza. Az időutazás képlete elé nem mehetünk, mert akkor nem lesz utazás és beavatkozási lehetőség. Lehet, hogy nem születik meg az, aki feltalálja.

– Kár – közölte szűkszavúan az orosz.

– Igor, most sokkal több embert és élőlényt tudunk megmenteni. Sajnos azon már sehogy nem változtathatunk. Te következel, Igor, mondd el, honnan ismersz és mi történt!

– Nem tehetem, te kértél meg rá – mondta az orosz bűnbánóan.

– Oh, hogy azt a féreglyuk rágta, sötétanyaggal borított kispöckös tervezőjét a galaxisnak! Miért kell folyamatosan kitolnom magammal? Vedd úgy, Igor, hogy most, pár évszázaddal később, felülírom a parancsot!

– Nem lehet. Te kérted, és egy gyönyörű hölgy kérése parancs.

– Azt a rézfán fütyülő rézfacccú bagoly kantárszakadását! Szóval azért nem válaszolsz, mert én megkértelek rá? Akkor most eltelt hatszáz év, a kérés elévült. Válaszolj!

– Pont ere kértél! Nem mondok semmit!

– Tikka, mielőtt kisütnéd heves indulatodban az egész technikát és a chipeket, szerintem menjünk aludni! – mondta SHIG.

– Van edzőtermed? – kérdezte Tikka.

– Az van, amit akarsz, kedvesem! – mondta hamisítatlan úriemberként SHIG.

– Ha gondolod, igénybe veheted. Máris megteremtem számodra.

– Ne! – szólt közbe a már talpra állt idegen. – Megtiszteltetés lenne, ha én lennék a bokszzsák!

– SHIG, ez egy mazochista, perverz űrlény! Ugye nem gondolod...?

– De, gondolom, végül is hasznos. Megismeritek egymás képességeit, nekem meg nem kell energiát elvennem a túlélőktől.

Ez hatott.

– Oké, de nézőközönség nem kell.

– Én maradnék – mondta Igor –, tudnálak tanítani.

– Én soha nem hagylak cserben – mondta Jan –, és tőlem is megtanulhatsz pár nepáli technikát.

– Én megyek aludni – mondta Mirrord. – Nem árt, ha kipihent vagyok.

– Én felesleges vagyok – mondta a vadász –, mert itt van SHIG. Ha az ő társaságában téged baj ér, akkor nekem nincs esélyem. Elfáradtam.

A környezet átalakult. Ring lett. Határokkal, puha szivacscsal a lábunk alatt. Android orvosok készenlétben.

– Nekem így nem megy a dühöngés, SHIG. Ez élőlény. Más egy zsákot ütni, mint élőlényt.

– Tanuld meg! A 21. századba mész, nem valami holo-játékba. Igazán meg akarnak majd ölni.

– Fáradt vagyok. Sokat ittam-ettem.

– Dühös vagy?

– Dühös.

– Akkor küzdj!

A Carmina Burana hangjai csendültek fel, a környezet félhomályba burkolózott, és az a kevés fény is tükröződött a falakról. A térérzékelésem szinte teljesen megzavarodott. Szédültem. Becsuktam a szemem, csak a belső érzékszerveimre figyeltem.

Tigris támadott. A tükörképemre. Egyre több sérülést szerzett a tükörképektől.

– Ez csalás! – kiáltott fel mister szörnyeteg Tigris.

– Blokkoltam az interfészt és a beültetett érzékelőket. Hogyan lehetséges?

– Így – mondtam, és sátáni kacajomat visszaverte az üveg.

– SHIG csal neked – mondta.

– Bizonyítsd be – mondtam, mert az igazi titkomat sem SHIG, sem én nem akartuk felfedni.

– Te fizikailag erősebb vagy. Hónapok óta készültél az öszszecsapásra. Engem közben menekítettek a savas viharból, túléltem ezt-azt. Meglőttek. Nem volt időm gyakorolni. Most még el sem kezdődött a harc, és megijedsz. Azt mondod, csalás. Még nem is támadtam. Hagyjuk. Kérem a bokszzsákot, az nem pofázik vissza.

– Ne. Maradjon így. Igaza van – mondta Tigris.

– Nocsak, nocsak, mégis van oka, hogy nagykövet lettél – mondtam, majd bevittem egy balost. Láthatta a sérülést a kezemen, erre biztos nem számított. Azt a régi heget – úgy, mint a kék tincseimet – emlékeztetőül hagytam. Bármikor el lehetett volna tüntetni, de így különleges lélektani fegyvert csináltam belőle. Igaz, már én sem emlékeztem a valódi sebhelyre, arra, hogy mi történt, csak az érzésre. Az érzés emléke pont elég volt. Közben eszembe jutott Igor hiányzó fél keze. A bal. Mennyi hasonlóság van az öregember és köztem! Majd gyorsan megint ütöttem egy balost. Nem fogta fel. Az emberek jobbkezesek. A balkezesek a régi korokban olyan mértékű közutálatnak örvendtek, hogy mostanra már nem létezett balkezes földi lény, még a Romák között sem.

– Na, mi van? Te akartál bokszzsák lenni, most meg fáj? – kérdeztem cinikusan, és a lábam sem hagytam ki a harcból. Tudtam, szándékosan hagy támadni. Megismeri a harcmodorom, kifáraszt. Azt hiszi, mert a csillagközösség tagja, mert pozíciója van, különb, mint mi. Mi, az emberi faj karanténba zárt, legaljának tekintett vadjai.

A halott vadakért, mindünkért harcoltam, minden dühöm és erőm ezen a fenevad Tigrisen csapódott le. Igazán átengedtem magam a haragnak és a gyűlöletnek. Ő ráébredt, hogy hiába nem ültették még be a platina fémszerkezetet és erőkart, hiába emberi a testem, haragom megsokszorozza az erőm. A hatalmas férfi nem bírta sokáig ütéseim súlyát. Elkezdett védekezni.

– Hé. Arról volt szó, hogy bokszzsák vagy, nem arról, hogy visszaütsz – mondtam nevetve, miközben tudtam, nem okozhat sérülést bennem. A csillagközösség kizárná, és minden tervünk tönkremenne. Akkor a közösségnek és 680 különböző fajnak vége, nem beszélve az élővilág többi részéről. Ez nem csak a düh és a test harca volt. Stratégia is, hiszen tudtam, nem bánthat. Ösztön, mert valahol a tudás és az önvédelem között van egy vékony szál. Ha valóban az életét veszélyeztetném, akkor nem érdekelné a közösség, végezne velem. Én viszont az összes emlékezett és nem emlékezett haragom-dühöm egyenlítettem ki. Legyen férfi, bírja! Na, már ha náluk van olyan. Fogalmam sem volt, ez milyen faj, valóban humanoid, vagy csak ezt az álcát vette fel; az én szememben szörnyeteg volt, aki visszaél erejével, hatalmával, befolyásával, és nem áll távol tőle egy ilyen kedves, kicsi nő sértegetése sem. Nem számít, miért gyűlöltem. Amiatt a csókos beszólás miatt. A nőiességem ennyibe vette, ennyire értéktelennek tekintett, és az implant miatt, amit beültettek, pedig én még bele sem egyeztem. Minden erkölcsi határt átlépett, közben pedig nagyon vonzó volt.

– SHIG, a régi dalt, a *Tigris szemét* kérem.

– Mégis behódoltál, nőstény – mosolygott az idegen.

– Nem. A saját szememre gondoltam – mondtam, és a dal hallatán testem új erővel töltődött fel.

– Tikka, ahogy tanítottalak – mondta Igor.

– Milyen morbid a sors! Ezen zenére verem le az idegent, egy orosztól tanult technikával –mondtam, majd nyugodt várakozásba helyeztem a testem.

Vártam a támadását. Nekem minden beépített eszközöm ki volt kapcsolva. Neki, a nagykövetnek, minden eszkoz a rendelkezésére állt. SHIG csinált némi füstöt a tükrök közé, ami zavarja az idegent. Tudta, ez mindent eldöntő harc lesz, és én hátrányból indulok. Becsuktam a szemem, mély hasi légzés, nepáli légzés. Éreztem az energiát, ahogy halad a testemen felfelé. Éreztem, ahogy apró szőrszálaim minden darabja érzékelővé válik. Tökéletesen láttam és hallottam. Nem terelt el a zene és a füst. A belső érzékszerveim működtek. Ezek természetesek voltak, mint a biológia.

– Támadj! – súgta Igor.

Az idegen támadott, én egy szép ívvel átrepültem a feje felett, és ő még azt sem érzékelte, hol vagyok. Ha nem ittam volna, nem nevetem el magam. Így viszont a nevetés csak úgy kitört belőlem. Néztem a csodás, hatalmas állatot, ahogy megzavarodva és műszerei által félrevezetve püföli a semmit. Még a hangom is visszhangosan verődött vissza a környezetben. Ő nem rendelkezett már a belső ösztönnel. Ő a technikára és erejére bízta magát. Kiszórakoztam magam. Egy ugrással a földre döntöttem, és a fogaim a nyakába mélyedtek.

– Nos, a kiscica mindig kivégzi a nagycicát, hacsak nem lesznek barátok. Mit választasz? – kérdeztem, mintha lett volna lehetősége választásra.

– Ismét vesztettem. A barátod leszek – mondta. – Megtiszteltetés volt veled harcolni, és megtiszteltetés volt veszteni.

– Erőd, képességeid rendkívüliek. Köszönöm, hogy figyelembe vetted alkatom és adottságaim, és tisztességgel játszottál – mondtam kicsit hazudva és hízelegve, mert nem árt tanulni a diplomáciát.

– Igen, én köszönöm, hölgyem, hogy engedte csodás teste érintését egy ilyen önző humanoidnak. Teljesen meggyőztél. SHIG nem túlzott a képességeidet illetőleg. Sajnálom, hogy kellemetlenséget okoztam a meggyőződésemmel, de egy földi lénynek mi már nem hiszünk.

– Megértem. Nincs probléma. SHIG azt mondta, én vagyok a parancsnok, és a hajód a rendelkezésemre áll a múltban. Így van?

– Tökéletesen, hölgyem. Az életemmel fizetek érte. Nincs más hölgy a múltban, kit követnék, és nincs más parancsnok, akitől utasítást elfogadnék. Többszörösen legyőztél. Ha utasításod SHIG-gel ellenkezne, akkor is a tiéd követném. Hölgyem, örökös híve és szolgája vagyok. Kérem, tanítson!

– Na, azt majd én fogok – lépett közbe Igor. – Teljesen felesleges energiapazarlást láttam –mondta az öregedő ember, kezében vodkásüveggel. Szájában lóg a cigaretta, senki nem nézné példaképnek.

– Mit néztek? Én lusta vagyok, a fenének kell ennyi energiát bevetni.

– Engem már vár az ágy. Fárasztó volt ez a nap – mondtam

– Jó éjt, hölgyem – köszöntek egyszerre.

A szobám felé tartva kicsit eltévedtem a folyosókon, míg SHIG meg nem unta a bolyongásom, és egy android a szobámhoz nem támogatott. Nyugtalanul néztem körbe.

– Mi a baj, kedves? – kérdezte SHIG új, kevésbé gépies hangján.

– A fürdőszoba – mondtam.

Kinyílt egy ajtó. Valahogy nehezen szoktam hozzá, hogy minden ajtó, vezérlőpanel, asztal, szék jön-megy a falból be és ki.

– Ugye kint maradsz? – kérdeztem.

– Kint, bár tudod, én kezeltelek, vagyis minden biológiai funkciódat ismerem. Nem kell szégyenlősködnöd – mondta.

Gyönyörű fürdőszoba várt. A padló kék óceán-hologram, ahol delfinek úszkáltak. Energiatakarékosan zuhanyoztam, mint mindig. Kis víz, szappanozás, öblítés. *A víz most a legnagyobb kincs*, gondoltam. Nem is emlékszem, hogy kerültem ágyba. Valahol a tudatom megszűnt zuhanyzás közben.

Míg Tikka ájultan aludt, egy árny osont be a szobába. Leült az ágy szélére és finoman cirógatta a lányt, miközben ellátta a horzsolásait. Ujjai leheletfinoman járták be a lány testének minden ívét. SHIG ellenőrizte az életműködését, légzését. Érzékelte a lány bőrének minden sejtjét. Mégsem úgy érezte, mint egy biológiai lény. Tulajdonképpen vágyódott arra az érzésre, amire emlékezett, mégsem tudta most már másképp, csak adatok halmazaként érzékelni. A lány életfunkciói, egészsége megnyugtatta. Talán majd a múltban, amikor egy kis része emberi testben visszamegy a lánnyal, talán majd akkor, ha kevesebb adat lesz, talán több lesz az érzés.

Reménykedett, tudata emberi része mohón vágyott újra az emberi érzékszervekre, mégsem kockáztathatja a lányt a saját szándékos hibás működésével. Majd a visszatéréskor. Talán. Addig meg kell elégedni ezzel. Ez is több, mint amit remélt. Bárcsak emberi lényként kezelné a lány, nem pedig gépként! Nagyon vágyott az emberi érzésekre. Mint egy tolvajnak, úgy osont a keze a lány intimebb részei felé. Tökéletesen tudta, hogy mit érez a lány, miről álmodik. Ez jó érzés volt. Tudta, senki nem tud olyan gyönyört okozni neki, mint ő, hiszen senki nem látja

annyira pontosan az álmát, a biológiai reakcióit, minden ideg-
sejtjét. Elégedetten hallgatta a lány egyre szaporább sóhajait.
Majd egy pillanatra megállt a szív, a légzés, és minden idegsejt
maximális energiaimpulzust kapva újraindult. Ekkor az alvó
immunrendszer is elkezdett működni, új erőre kapva. *Csodá-
latos az emberi test működése*, gondolta SHIG. Ez a gyönyör a
biológiai lényeknél olyan, mint a számítógép újraindítása egy
sikeres programtelepítés után. A program neve *szeretet*. SHIG
hosszú idő után boldog volt. Nem számított, hogy ő képtelen
érezni ezt a gyönyört, az számított, hogy adni tudta. Egy da-
rabig még ült az alvó lány mellett, gyönyörködve benne, majd
ahogy jött, kiosont az ajtón.

Tigris termetét meghazudtoló halk lépésekkel sietett a folyosón,
mégis egy pillanat alatt szembetalálta magát a vadász puskájával.

– Hát te? – hőkölt hátra Tigris.

– Hát te? – kérdezte a vadász, feljebb húzva bozontos sze-
möldökét.

– Én kérdeztem előbb – mondta Tigris.

– Nálam a fegyver – említette a vadász.

– Jogos – válaszolta Tigris.

– Nos, mi járatban? – kérdezte az egyre ingerültebb Shirok,
miközben Tigris hasába nyomta a fegyvercsövet.

– Meg akartam nézni, hogy minden rendben van-e a pa-
rancsnokunkkal – mondta a morcos földönkívüli nagykövet,
miközben feszengett.

– Minden rendben van – mondta a vadász, miközben leen-
gedte a puskáját.

– Akkor te megtaláltad a szobáját? – kérdezte Tigris.

– Nem, de SHIG vigyáz rá. Nála jobban senki nem tud – mond-
ta a vadász.

– Igaz – válaszolta Tigris, majd hozzátette: – Akkor én me-
gyek is aludni. – Ahogy megfordult, beleütközött Igorba, aki öreg-
emberesen csoszogott, miközben kiürült vodkásüvegét lóbálta.

– Mit néztek? – kérdezte, miközben kiesett a szájából a ciga-
rettamaradvány. – Elfogyott a vodkám. A konyhát keresem. Itt

nem adnak uborkát hozzá? – szerencsétlenkedett látványosan, miközben a cigaretta csonkját felvette a földről.

Ekkor megszólalt a falakból visszhangozva SHIG gépies kacaja, mely közölte:

– Nos, uraim, sokáig fogják kerülgetni egymást, vagy mennek aludni? Esetleg oszlatás legyen? Tikka biztonságban van. Jól van, és senki nem fogja zavarni a pihenését. Javaslom, uraim, ne várják meg, míg elkábítom önöket és az androidokkal ágyba vitetem mindnyájukat. Esetleg fejfájásuk adódna reggelre. Ha eltévedtek volna, a jelzőfényeket kövessék. Tigrisé a sárgaköves út. A vadászé a zöld. Igor a részegek szerencséjével hazatalál, de ha nem, és még lát, akkor övé a vörös fényjelezés – kacagott a mesterséges intelligencia.

– Géphez képest nagyon vicces vagy – morogta Igor.

– A programomban van. Volt pár évszázadom ahhoz, hogy emberszerűbb legyek – mondta SHIG.

Néma csendben indult el a vadász és Tigris a saját fényjelzésükön, követve a padlózaton megjelenő csíkokat. Egyedül Igor dúdolgatott egy orosz népdalt, miközben csoszogva távolodott. Ám csoszogása megszűnt, ahogy kikerült a többiek látóköréből. Nem tudta, hogy SHIG mindent lát és hall. Őt nem verhette át ezzel a „részeg öregember" stílussal.

Gyönyörű napsütésre ébredtek. Madarak csiripeltek, enyhe lágy szellő simogatta arcukat. Kinézve az ablakon, csodálatos zöld erdő tárult eléjük.

Mindenki a saját kabinjában, egy időben, egyszerre kiáltott fel:

– A valóságot.

A zöld erdő képét felváltotta az eszméletlen magasság, mind meginogtak kicsit. Majd a kép közelített, és látták a sok kis szürke lényt sietni a dolgára a mozgójárdákon. Az épületek tetején a teraszokról gyönyörű zöld növényzet és gyümölcsök lógtak. Burjánzottak. Néhány lény antigravitációs övvel felszerelkezve szüretelt. Néhányan az épületeken végeztek karbantartást. Igen, ezek a lények voltak az emberi faj leszármazottai. A többség, a létszámot tekintve. Bőrük szürkés árnyalata a kevés valódi napfénytől alakult így, és nem is igényelték már. Nem bírnák sokáig, hiszen már képtelenek a melanin termelésére, már nem tudja a szemük és a bőrük megszűrni a káros sugárzást. Ők már csak a búra alatt képesek megmaradni. A valódi természetet még védőruhában sem bírnák sokáig. Mind majdnem egyforma szürke overallt viseltek. Megszűnt bennük a változatosságra a vágy. A járdán közlekedők is egy, a levegőbe eléjük vetített kép előtt kalimpáltak a valószerűtlenül hosszú ujjaikkal. Beszélgető lényeket nem is lehetett látni. A szemük óriási volt, és fekete; így alakult ki. Az evolúció kialakította azt a szemformát, ami nagy látószöget biztosított, és védte őket a képernyő fényeitől. Bizony, ez lett az eredménye a digitális társadalomnak. Még a nemüket sem lehetett meghatározni, sőt az arcvonásokat is nagyon nehéz lett volna észlelni. Ők már mind beépített interfésszel kommunikáltak. Szájuk, állkapcsuk vékony és gyenge volt, hiszen alig használták arcizmaikat, és rágniuk sem igazán kellett.

– Mit szeretnétek ma? – kérdezte SHIG. – Választhattok. Kirándulás a városban és elvegyülés, ismerkedés, vagy edzés?

– Döntsön a parancsnok – válaszolták mind.

Szinte sokkolta őket a látvány. Kíváncsiak is voltak, és irtóztak is egy kicsit a kupolalakóktól.

– Rendben, akkor mindenki kövesse a színeit, ha elkészült és kibámészkodta magát. Eligazítás egy félóra múlva – mondta SHIG.

Tikka kéjesen nyújtózkodott. Nem zavarta a látvány. Ismerős volt. Tudta, mostantól parancsnok, és neki kell döntenie.

– SHIG, drága, kérlek, adj nekik is, nekem is ilyen ruhát – mondta, miközben megsimogatta a hatalmas kutya fejét. Mirke a lábához dörgölőzött, majd boldogan lefetyelte a figyelmes SHIG által kikészített tejecskét.

– Köszönöm, hogy ma ilyen kedves vagy hozzám, drága parancsnok – mondta SHIG, és mintha a hangja már férfias karcossággal hangzott volna.

– A városba szeretnék menni velük. Vigyázol addig az állataimra? Nem hiszem, hogy a kupolalakók értékelnék őket.

– Természetesen, minden kényelmük meglesz, ahogy kívánod – mondta SHIG.

– Mi a helyzet a menekültekkel? Ők hol vannak? – kérdezte a lány.

– Karanténban, egyelőre. Ti már érkezésetekkor meg lettetek tisztítva, mert elsőbbséget élveztetek. Viszont a legapróbb vírust sem kockáztathatjuk meg. A városlakóknak már nincs olyan immunrendszerük, ami megvédené őket. A menekülteket idő mind megtisztítani, és sajnos még nem tudom azt sem, hogyan engedjem őket össze.

– Értem. Viszont ha sikerrel járunk, ugyanakkor fogunk megérkezni, mint ahogy elindultunk? – kérdezte Tikka.

– Nem. Pár ezredmásodperccel korábban, és térben egy picikét arrébb. Számotokra észlelhetetlen lesz.

– Ez azt jelenti, hogy ahogy elindulunk, meg is oldódik a probléma. Vagy nem is létezik a probléma. Vagy…

– Számoljunk azzal az egyetlen lehetséges túlélési eséllyel, hogy sikerül, különben nincs már miért aggódni – mondta SHIG.

– Mennyi tartalékod van?

– Körülbelül még 1 hónapig tudom fenntartani a várost és az összes élőlényét. A többi kupolában is ugyanez a helyzet.

– Rendben, meglátom, mennyi idő kell nekik. Minél előbb indulunk – mondta a lány.

A városban feszengtek. Hiába volt az azonos ruha, a türelem. Kényelmetlen volt. Nem volt mozgás. Minden járda magától ment, valamint minden lépcső. Szenvedtek. Minden arc egyforma. Bementek egy étterembe. Körasztal, nyugodt, zöld háttér, kényelmes szék, ami az alkathoz igazodik. Minden tökéletes.

– Rendeljenek – mondta a robothang, és egy kis tű jelent meg.

Tikka tudta; ösztönösen rakta oda az ujját, és a vér elemzése után az asztalból felnyílt a tálca. Egy alaktalan, kocsonyás massza. Ízre mindent tartalmazott, amire vágyott. Tökéletesen a vérképe szerinti biológiai igénye alapján lett összeállítva.

Mégsem olyan volt, mint amikor beleharap egy gyümölcsbe, és az ajkain csorog le annak édes nedve. Pont olyan volt, mint álmában az a precíz, pontos érintés, ami biológiailag tökéletes volt, ám mégsem tudta érzelmileg értékelni. A fura, nagyszemű szürke lények elkezdtek köréjük csoportosulni, érdeklődtek. Viselkedésük agresszív lehetett volna más korban, de itt csak érdeklődés. Mindenki nagyon kényelmetlenül érezte magát. Tikka megszólalt:

Mi menekültek vagyunk, a savas eső elől jöttünk. Tudósok, akik kint dolgoztak.

– ...

– Értem. Interfész – mondta Tikka, miközben ráébredt, hogy sem nyelv, sem hangképzőrendszer nincs már. A hangyanép biológiailag nagyon különböző. Bekapcsolta az interfészt.

– Barátok vagyunk.

– Jó – és érezte a szeretet- és érzelemhullámokat.

Ekkor Mirrord a teli tányérját az egyik kis szürke arcába vágta, és az asztal alá menekült. Számára az, hogy körbevették őket, támadást jelentett.

A kis szürke, miután letörölte az arcáról az ételt, közölte:

– Ez pazarlás. Mi értelme volt?

– Jaj, ezt nem kellett volna – nyögte Mirrord, miközben az asztal alatt kuksolt.

– Nem gond – mondta Tikka –, ő nem fogja fel, hogy ez sértés volt. Ő azt nem érti, miért pazarolod az életlehetőségeket. Szerintem ő az intelligensebb. Mássz ki az asztal alól, nem fog bántani senki – mondta Tikka, majd hozzátette:

– Értsd meg, ők már más lények. Nem ismerik ezeket az érzéseket. Te csak azért élsz, Mirrord, és csak azért jössz majd velünk, mert olyan primitív vagy.

– Miért nem beszélnek? – kérdezte Jan.

– Mert nincs rá szükségük. Mindent a beépített chippel intéznek. A kommunikációt is –monda Tikka.

– Csak neked van beépítve ilyen, csak te tudsz velük beszélgetni. Szóval, ha bajod esne, mi magunkra maradtunk – mondta a vadász.

– Ők biztosan nem fognak bántani – mondta Tikka –, itt csak mi vagyunk veszélyesek. Nekem ennyi elég is volt a látogatásból.

– Szerintem is menjünk vissza. Tikka menjen az idegenekkel beszélni, és utazzunk vissza. Szeretnék már túl lenni rajta – mondta Mirrord.

– Nekem itt nem jó, szeretnék hazamenni – mondta Igor.

– Rendben, akkor essünk túl rajta! – kászálódott fel Tikka.

Mindenki a kabinjában pihent, Tikka hevesen vitatkozott SHIG-gel:

– Értsd meg, elég időt, erőforrást pazaroltunk el. Nem biztos, hogy sikerrel járunk. Jobb, ha minél előbb elindulunk.

– Értsd meg, teljesen mindegy, mikor mentek. Ez a jelen nem fog létezni, ahogy megérkeztek a múltba – mondta SHIG.

– Viszont az elszántságuk idővel csökken. Lehet, hogy nem érted, de ők emberek, érzelmekkel gondolkodnak. Hiába minden logikus érv. Kérlek, hívd össze a tanácsot. Én is szeretnék túl lenni rajta – kérte Tikka.

– Rendben – adta meg magát SHIG. – Az okosruhát vedd fel. Együtt mentek, de a többiek várakozni fognak. A Siklóval kell mennetek, és te vezetsz. Azt akarom, hogy az űrben is tudj vezetni egy hajót. A múltban lehet, hogy majd nagyobbat is kell vezetned. Nyugodj meg, minden információ a rendelkezésedre fog állni.

A tetőn gyülekeztek, percekig nézték szabad szemmel az alattuk eltcrülő tájat.

Búcsúztak, de ezt még nem tudták. Az a bizonyos ösztön, sokadik érzék súgta nekik, hogy lehet, ezt a képet nem látják többé. Az űrsikló karcsú, ezüstös teste kalandra csalogatta őket, mégis oly nehéz volt elszakadni az idillinek látszó, zöld várostól. Valahogy most itt érezték meg igazán a súlyát annak, amire készülnek. Belelépnek az ismeretlenbe. Idegen lények közé, és egy idegen világba. A múltba. Az, amit most látnak, megismételhetetlen. Ahogy elhagyják a bolygót, már új jövő készül. Soha nem lesz ugyanilyen ez az időpillanat.

A legkisebb ment elöl. Tikka magabiztos léptekkel haladt, csak légzése árulta el félelmét. Egy lépessel hátrébb, majdnem mellette ment a legmagasabb, a kínai. Tikka mögött Shirok lépkedett, szinte szándékosan akadályozva Mirrordot. Tigris körbejárta a siklót, és szakértő szemmel vizsgálta. Igor a sor legvégén kullogott Dörmivel, és az elmaradhatatlan vodkásüveggel. Mirke Tikka mellkasán aludt a cicahordozóban, jó macskához illően. Konc a lány vállán bámészkodott, teljesen közönyösen.

SHIG eközben az emlékeibe merült és az utat tervezte. Hamarosan mindent megtud. Ennyire korai időpillanatra még nem küldte a lányt. Most először elkíséri, és a régi önmagát is bevonja a dologba. Igazán veszélyes lesz, viszont ennél rosszabb már nem lehet. Energiát irányított át abba a részegységébe, ahol az érzelmeit, emlékeit tárolta, elemezte. Ha el akarja kísérni a lányt, tökéletesen emberivé kell válnia. A 21. században egyből észrevennék nem egészen emberi mivoltát. Emlékezett, mi is történt akkor. Hogyan ismerte meg a lányt. Ő akkor egy idős, beteg tudós volt. Tikka élete teljében lévő, fiatal nő, mégsem a szépség, a szex, a bulik foglalták le.

Elméleteket gyártott, a világegyetemet bámulta, felfedezéseit elküldte neki. Emlékezett, milyen meglepődve nézte a gyönyörű, erős nő profilját. Valahol megértette a megszállottságát. Sokszor nem egyezett a véleményük. Tikka vakon hitt a békében és a tudományban, ő viszont a sötét felhőket látta. Sokat nevetett a lány bonyolult viccein. Élvezte, hogy különböző álneveken vitázhat vele. Már akkor lehetetlennek tűnt az, hogy megérintse. Pedig mire észrevette, már szerelmes volt. Mégis úgy gondolta, nem foszthatja meg a lányt az élet élvezetétől. Az érzései és az elméje harcoltak. Tudta, nem lehet övé a lány, mégis fájt neki, ha más érintette azt a csodát. Minden technikai lehetőségét igénybe vette, hogy megvédje és vigyázzon rá. Messziről követte az életét. Minden napjáról tudni akart. Még akkor is, ha fájt.

Az interneten beszéltek, a maguk titkos nyelvén. Asszociációkkal titkos üzeneteket váltottak. Nagy izgalom volt ez az életében. Valamit már akkor sejtett, mert tartott egy időutazó bulit. Persze senki nem jött el. Most már érti, hogy miért. Pár évvel később Tikka egy beszélgetés alatt elmondta, mi volt a menü. Most már ezt is érti; hiszen most ő küldi vissza. Annyira erősek az emlékek és az érzések, hogy biztos abban, hogy ő önmaga akkor is, ha MI. Hiszen érez.

Emlékszik arra is, amikor a lány finoman megérintette az elméjét, és napról napra egyre mélyebben érezte a jelenlétét. Neki már akkor is csak az volt. Az elme hatalma. Számtalanszor szeretkezett vele, érezte a bőrét, az illatát. Most tudja igazán, mennyire valóságos volt az a sok varázslatos álom. Mindennap vágyódva gondolt arra, milyen jó lenne egy valódi csók. A puha ajkak édes, lágy, mézízű érintése.

Mindig elérte azt, amit akart, még akkor is, ha nagyon sok időbe telt. Igen, ezt is el fogja érni. 600 év, és még mindig várnia kell. De tud várni. Férfi volt, képes volt várni, küzdeni, védelmezni, és ha kell, lemondani is. Ó, igen, és egyre inkább a magáénak érezte ezt az új testet, amiben a lányért ment. Bár Tikka elég közönyös volt iránta idáig, sőt MI-lénye mintha jobban érdekelte volna, mint az új, kifejlesztett biológiai teste. Igaz, még csak pár napja gyakorolta, milyen újra egy kicsit biológiai lénynek lenni. Már előreküldte az időben pár segítőjét. Mindent előkészített. Nagyon remélte, hogy a huszonegyedik században nem csak a jövőt tudja megmenteni, hanem végre teljesen elnyeri Tikka testét, lelkét. Új biológiai testének ajkai beleremegtek még a csók gondolatába is, ahogyan csendesen lépkedett a párductestű nő mögött.

A sikló fényesen ragyogva várta őket. Patyolattisztán. Semmi nyoma nem volt korábbi kalandjuknak. A sav-marta külső felület kijavítva, fényesen csillogott. Belül a székek tisztán várták az érkezőket. Gondosan oda voltak készítve a mágnessaruk s a rugalmas övek. A vezérlőpanel lenyílva hívogatta a pilótát. Mint a régi időkben a légikísérők, várta őket az android. A különleges utasokra is gondoltak: Konc, Dörmi és Mirke számára is volt kényelmesen kialakított, biztonságos hely. Tigris egyből szemügyre is vette, majd kijelentette:

– Az én hajómra is csináltatok ilyet, minden lehetőségre felkészülve. Elvégre őket is biztonságosan kell elszállítanom. Azért mindig lenyűgöz az emberek szeszélye és SHIG figyelmessége. Be kell vallanom, az a szeszély hasznos szeszély, hiszen a kismacskád győzött le. Mire elindulunk, az én hajóm is fel lesz ilyesmivel szerelve a kényelmetek érdekében.

– Azért a fegyvereket se hagyd le róla, ne csak a macskaülésre gondolj – szólalt meg Mirrord.

– Kéne még legalább két regenerációs kabin is, emberek számára. Abban a tempóban, ahogy mi páran próbájuk egymást kivégezni, lehet, hogy még öt is kevés lenne – mondta cinikusan Jan.

– Mi lenne, ha nem pofáznánk, hanem hagynánk vezetni? Különben lehet, hogy meg sem érkezünk, és nincs mit tervezni – szólt a vadász.

– Most nézem az irányt – mondta Tikka. – Ez az Alfa Centauri mellé visz minket, egy űrállomásra.

– Ott lesz a megbeszélés. Az tizenöt évnyi út. Hogyan bírjuk ki egymással?

Néma csend telepedett a csapatra. Belegondoltak.

– Ez térhajtóműves, Tikka. Kicsit fel lett javítva ez a sikló. Körülbelül két óra alatt ott vagyunk – mondta Tigris.

– Biztos tudod vezetni ezt az izét? – kérdezte Igor.

– Majd ha elkezdem, kiderül – morogta a lány.

– Nos, akkor kezdd el, mielőtt kollektívan elbőgjük magunkat vagy kinyírjuk egymást – sóhajtott Shirok.

– Figyelem, ajtók záródnak. Mindenki elhelyezkedett? Akkor indulunk – rikkantotta Tikka, és a panelra helyezte a kezét. A talajból még két heveder és egy háttámasz is kiemelkedett, rögzítve az álló lányt, hátha nem lenne elég a mágneses saru. Szerencse, hogy nem látta a formás hátsójára meredő szemeket. Igaz, ugyan a férfiaknak legalább ez a látvány befogta a száját. Talán jobb is volt, ha nem a kivetítőn alattuk elsuhanó, gyászos tájat nézték.

– Figyelem, pár perc súlytalanság következik – mondta az android, mikor már az alattuk elterülő bolygó szürkés légkörburkát is látták. Hirtelen mindenkinek meggyűlt a baja a saját belső szerveivel. Igor ellenőrizte, le van-e zárva a vodkásüvege. Tigris valamit dünnyögött a kőkorszaki technikáról.

Ekkor valami oldalról telibe trafálta a hajót. A kedves android kommentálta az eseményeket.

– Most épp egy, a huszadik századból származó, jelöletlen katonai kémműhold keresztezte az utunkat. Sajnos ezt nem lehet kiszámítani, mert az egymással versengő korabeli államok nem hagytak feljegyzést a koordinátákról. Ezért szükséges a biológiai irányítás. Ezek kikerülése egy élőlény készségeit igényli. Ha nem lett volna a karantén, az űrszemét is elég lett volna az emberi űrutazás megakadályozására. Van radar is, mégsem tudjuk beprogramozni az összes lehetőséget. Vizsgálatok azt igazolták, hogy a hajó és az emberi elme együttes ereje képes csak kijutni ebből a zónából.

Tikka eközben összeszorított fogakkal, ráncolt szemöldökkel, izzadva vezetett, egy-egy kerülő manővernél a teste ösztönösen bedőlt, mint a régi motorosoknak. Fél füllel hallotta csak az android stresszcsökkentőnek szánt beszámolóját, miközben forogva, pörögve próbált kikecmeregni a saját faja által otthagyott minibombák közül. Ha a súlytalanság nem lett volna, még nehezebben viselték volna ezt a pörgést. Ahogy elhagyták a veszélyes zónát, a robotpilóta átvette az irányítást. Az ablakokon kinézve csak hatalmas erejű, vakító világosságot láttak. A főképp fehér fénybe itt-ott keveredett más színtartományú csík vagy paca. Összességében mégis a fehér, erős fény volt a jellemző.

– Mi ez? Most mi van? Nem csíkokat kéne látnunk? Azt, ahogy elhúznak mellettünk a csillagok? – kérdezte Mirrord.

– Nem – mondta Tikka. – Tulajdonképpen mi most téren és időn kívül vagyunk. Majd amikor lelassítunk a célnál, nézheted a csíkjaidat.

– Akkor az összes regény, film átvert minket? – kérdezte Mirrord.

– Bizony, átvert. Ez mióta újdonság neked? Még a gyerekmesék is, amikor a gyalogkakukk megáll a levegőben, mintha antigravitációs öv lenne rajta, pedig nincs – vonta meg a vállát Tikka, és felhörpintette az ásványianyag- és vitaminkoktélt, amit az android a kezébe adott. Szüksége volt rá, hiszen elméje hihetetlen mennyiségű energiát használt fel a manőverezéshez.

– Ez igen – mondta Tigris. – Tudod, a csillagközi flotta egyik igazán harcedzett, rutinos pilótája és tábornoka vagyok, mégis, ilyet még életemben nem láttam. Ha az emberek ilyesmire képesek, talán azzal az idegennel szemben is van esélyünk.

– Próbáltátok a tárgyalást? – kérdezte Tikka.

– Nem – mondta Tigris –, hiszen nem is látjuk őket.

– Aha. Akkor az a jó emberi szokás is hasznotokra lenne, amikor egy ember magában beszél – nevetett Tikka.

Ekkor valami oldalról megbillentette a hajót.

– Mi történt? – kérdezte Tikka.

– Ütköztünk és megálltunk – válaszolta az android.

– Ezek ők – mondta a tapasztalt Tigris. – Mindig így csinálják.

– A görbített térben? – kérdezte Tikka.

– Ezért nem tudunk mit kezdeni velük – vallotta be a tábornok.

Tikka az implanttal, állataival együtt elkezdett mentálisan üvölteni. Hatalmas erővel sugározták a félelmet. Mirke hátán felállt a szőr, farka háromszorosára nőtt, miközben idegesen jobbra-balra rángatta. Konc csapkodott a szárnyaival, és rikoltozott is hangosan. Dörmi ínyét felhúzva, fülét hegyezve vicsorgott. A szorítás engedett. Mint a pezsgőspalackból a dugó, úgy szakadtak ki az erőhatásból. Az állatokon és Tikkán kívül mindenki ájult volt. Őket is kiütötték. Igor tért magához a leghamarabb.

– Ez szép no-kontakt volt. Jó tanítvány vagy, de miért ütöttél ki?

– Megtámadtak minket, nem volt időnk szelektálni – válaszolta Tikka, majd a műszerek felé fordult. Az érzékelők semmilyen használható adatot nem mutattak.

– Te ismered őket, igaz, Igor? – kérdezte Tikka.

– Nem beszélhetek, te kérted – mondta Igor, majd húzott egyet a flaskából.

– Van vodka máshol is? Ez már fogytán van – dünnyögte az orosz.

– Igen, elhaladtunk egy alkoholból álló csillagköd mellett a téridőben. Ha akarod, megállunk és kidobunk, hátha belefulladsz – morogta barátságtalanul a lány.

– Élünk? – kérdezte Tigris, aki kezdett magához térni.

– Miért, nem kéne? – kérdezte Jan bágyadtan.

– Felcafatoztad őket, bébi? – kérdezte nyugtalanul Mirrord.

– Tábornok úr, mit nem mondott még el nekünk?

– Sok mindent, de nem tehetem.

– Áh, ez a hallgatás kezd járványos méreteket ölteni – mondta Tikka.

– Azt azért elmondhatom, hogy ilyen után csak két hajó érkezett meg. A többi nyomtalanul eltűnt a téridőben.

– Mennyi az a többi? – érdeklődött Mirrord.

– Hát, úgy százezer hajó eddig. Különböző fajoktól. Egyedül két biológiai hajó szabadult ki, de használhatatlanok lettek.

– Hé, Bébi, ez nagyon jó üzlet ám, ha te ilyeneket tudsz. Százezer hajó valahol a semmiben, és te képes vagy kihozni. Sajnálom, hogy meg akartalak ölni.

– Pofa be! – kiáltott a lány. – Manuális vezérlés következik.

– A biológiai hajó élőlényt jelent? Mármint a hajó élőlény? – kérdezte Jan.

– Igen – válaszolt Tigris.

– Pofa be, vagy mindenki szájkosarat kap az androidtól. Sajnálom, hogy berekesztem a társalgást, de vezetnem kéne – dühöngött a lány.

A kivetítőn feltűnt egy kék hidrogéncsík, ami egy kis mesterséges hold közelében végződött.

– Mi ez? Mágnesvasút? – kérdezte Jan.

– Ez a térhajtóművek által okozott hidrogénkiválás. A többiek közelebb léptek ki a hipertérből. Mivel Tikkának ez volt az első ilyen útja, mindenki biztonságosabbnak látta, ha kellő távolban lép ki a hajó a téridő-görbéből. Igaz, ők nem látták, mit művelt az űrszeméttel – mondta Tigris. – Igaz is, miért nem lőtted szét őket?

– Az nem lett volna elég elegáns megoldás – mondta Tikka, miközben szégyenkezett, hogy ez a megoldás eszébe sem jutott. Sőt az sem tűnt fel neki, hogy van lézerágyú az átalakított siklón.

Igor és Shirok úgy érezték, védeniük kell a lányt.

– Tikka ha lő, ott nem marad semmi, még kráter sem – vigyorgott az orosz, bár inkább vicsorgásnak tűnt az arckifejezés.

– Tikka nem lő semmire, amit nem célozhat be pontosan – mondta a vadász.

– Jól van, no. Mondjátok csak egyszerűen, hogy eszébe sem jutott a fegyverhasználat, még a támadóval szemben sem – dünynyögte Tigris.

– Lehet, hogy azért szabadultunk ki – vélte a bölcs kínai.

– Kusss! – üvöltött kétségbeesetten a lány. – Dokkolnánk. Tán nem hajóstól kéne a tárgyalóterembe érkezni.

Alattuk már a mesterséges állomás terült el. Ahogy tettek egy kört, úgy nézhették végig a különböző élővilágú, kialakítású káoszt. Az agyuk szinte be sem fogadta a látványt. Vulkáni kőzetek, forró láva, kénes gázok, hideg, átlátszó légkör, burjánzó, párás oxigén, dús dzsungel, sötét, halott sziklák, szilikon üvegvilág. Fémes színű, mesterséges építmények. Mélyfekete, sivár sötétség, perzselő sivatag alkotta a kis égitestet, minden élőlény számára biztosítva a saját környezeti lehetőségeket. Szájtátva bámulták, szinte alig hallották, ahogy az android sorolja véget nem érően a fajok neveit és főbb jellemzőit.

Ugyanolyan flexibilis folyosó vezette fel őket a leszállóhelyig, mint otthon.

Nagy döccenéssel landoltak.

– Ezt azért még gyakorolni kéne – mondta Tigris.

– Ne kínozd már! Miért nem te vezettél, Mr. Tábornok? Könynyű a kicsit kritizálni – mondta Mirrord.

Tikka el sem hitte, hogy ez az ember védelmébe vette.

– Mert neki kellett megtanulnia. Én csak figyelmeztetem a hibáira – mondta Tigris.

– Ja, mert a dicséret nálatok nem létezik, ugye, Mr. Katona? – torkolta le Jan.

Remegő lábakkal kászálódtak le a hajóról. Konc körme belevájt Tikka vállába, úgy örült végre a fix pontnak. Mirke aludt, ahogy szokott. Dörmi botladozva próbálta megőrizni kutyaméltóságát. Várták a fogadóbizottságot, de nem volt. Kicsit tanácstalanul álldogáltak, míg az android le nem szállt, és elindult előttük. Ismerős kabinokat kaptak, de most egymás mellett.

Oda volt készítve valamilyen gyógyhatású ital, kimondottan az utazások utáni stressz ellen.

Tikka mohón felhörpintette a löttyöt. Az utolsó korty majdnem a torkán akadt, amikor megszólalt SHIG hangja.

– Nagyon ügyes voltál. Szépen vezettél – mondta az ismerős hang.

– SHIG. Te itt?

– Persze, engem is meghívtak, és eddig is én tárgyaltam velük. Veled vagyok mindig.

– A hajón is?

– Igen, ott is ott voltam.

– Miért nem segítettél?

– Nem volt rám szükséged. Azt akarom, hogy nélkülem is boldogulj. Bármi történhet. A te gondolkozásod más. Te tudsz egyedi megoldásokat kitalálni. Nekem van szükségem rád, és nem fordítva.

– Én fordítva érzem.

– Akkor ez már szerelem – nevetett fel a mesterséges intelligencia, és közben nagyon is emberinek tűnt.

– Van egy központi gyülekezőterem étellel, itallal, ahol lehet ismerkedni, beszélgetni. Nem illik meglepődni semmin. Sokan lesznek szkafanderben vagy hasonló ruhában. Mutatok képeket a többieknek is. Ott várakoztok, majd név szerint be fognak hívni egy szobába. Főleg hangokat fogsz hallani; sokan kivetítve vesznek részt a megbeszélésen. Fordítón keresztül beszéltek majd, hiszen sokan nem beszélik a közösségi nyelvet. Kapsz egy fejpántot, ami segíti a kommunikációt, és lehetetlenné teszi, hogy bárki is hazudjon. Nyugodj meg, a többiek is viselni fogják. Nem fog az összes faj beszélni veled, csak aki szeretne, és kétségei vannak. Nem meglepő, ezek főképp humanoidok. A többiek már korábban döntöttek, és ők vannak többségben. Minden rendben lesz.

– Oké. Valaki lebilincseli Mirrordot? Lesz, aki megakadályozza Igort, hogy túligya magát? Na és Shirok képes lesz a puskája nélkül közlekedni?

– Nyugodj meg, az android vigyáz rájuk. Az én összes szemem is rajtuk van, és vannak képzett rendfenntartók. Igaz, utóbbiakra nem igazán volt szükség eddig. Reméljük, ez így is marad. Mivel mi vagyunk a meghívottak és az állataidra nem tudnak szkafandert adni, ezért a légkör számotokra alkalmas lesz, az aggódó résztvevők többsége amúgy is szén alapú életforma, és azonos a légköri és hőmérsékleti igénye. Szóval felöltözhetsz szépen.

Egy szép, fehér, szellős ruhát választottam. A hatalmas kuvasz az oldalamon szorosan mellettem lépdelt. Konc a vállamon ücsörgött, és Mirke a cicahordozóban szundikált. Bevonultam a csarnokba. Az aranyszínű fejpánt jól kiegészíttette az öltözékem. Egyből felém fordultak a jelenlévők. Nos, azonnal pánikba estem. Jó pár magas szőkét láttam, akiknek működését a történelemből már jól ismertem. Hiába tudtam, hogy ők más generáció, más ága annak a fajnak, amelyik évszázadokon át terrorizálta a bolygómat, mégis, a harag és a félelem összeszorította a szívem. Kezem önkéntelenül ökölbe szorult. Biztosan érzékelték a dühöm, mégis barátsághullámokat küldtek felém. Egyik odajött hozzám.

– Nerwik vagyok – mutatkozott be.

– Tikka – hörögtem volna, mire rájöttem, telepatikusan beszélünk.

– Kérlek, engedd meg, hogy bocsánatot kérjek tőled. A fajunk egy szélsőséges ága sok bajt okozott a te Földeden. Nagyon sajnáljuk. Remélem, most majd valamennyit jóvá tudunk tenni belőle. Mivel ismered az előítéletek veszélyességét, kérlek, te ne tedd. Adj esélyt nekünk. Tudom, nehéz annyi fájdalmon uralkodni, de te különlegesen erős és értelmes vagy. Bízom benne, hogy felül tudsz ezen emelkedni. Engedd meg, hogy a számodra megfelelő élelmiszerhez és asztalhoz vezesselek. SHIG tájékoztatott minket minden biológiai szükségletedről. Te itt ismeretlen helyen vagy, és úgy gondoltuk, kényelmessé tesszük számodra. Megmutatom a mellékhelyiségeket is. Tekintsd ezt a gesztust is bocsánatkérésnek.

– Nos, a megbocsájtás akkor következik be, ha segítetek végre rendbe tenni a bolygónkat. A következmények nagy részét semlegesíteni, és hát elsősorban segítenetek kéne, hogy a fajunk fennmaradjon, valamint a jelenlegi katasztrófát megakadályozzuk – mondtam a lényegre térve.

– Ezért vagyunk itt – mondta, miközben barátaim csatlakoztak hozzánk.

– Hello – dadogta megszeppenve Mirrord, elfelejtkezve a fejpántról. Míg ők a kommunikáció új formájával bajlódtak, körülnéztem. Volt egy igen érdekes szárnyas lény, mely a mennyezetre erősített rúdról lógott fejjel lefelé, és időnként megnyújtóztatta a bőrszárnyait. Pontosan, mintha egy vámpíros horrorfilmből került volna ide. Okosruhához hasonló, testhez simuló alig-semmi volt rajta, ám így is elég feltűnően domborodott a szaporítószerve. Hirtelen arra gondoltam: bizony, azoknak a vámpíros legendáknak van alapjuk. Majdnem alá sétáltam, hogy közelről szemügyre vegyem. Egészen emberi teste és arca volt, leszámítva a bőrszárnyakat és a testhelyzetet. Érdeklődésemet észlelve lazán lepottyant mellém, miközben a levegőben megfordult.

– Helló. Én tulajdonképpen nem is tartozom ám ide, csak kíváncsiságból hívattam meg magam. Renegad Shadowmaister vagyok. Ez a nevem is, és ez elég sok mindent el is árul rólam. Sokat kereskedtem a Földdel évezredek alatt. Becsületes foglalkozásom: űrkalóz és bajkeverő. Nem tartozom senkihez. Nincs fajom, népem, bolygóm. Keverék lény vagyok, ahogy te is. Azért hívtak meg, mert jól ismerem a földi viszonyokat. Volt szerencsém riogatni a szűzlányokat. Te szűz vagy? Megszagolhatlak? – A szófolyam után óvatosan a nyakamhoz hajolt, és szinte éreztem a jéghideg, nedves orrát a nyaki ütőeremen. A vér hirtelen hevesebben áramlott az ereimben. Renegad kiegyenesedett, és mélyen a szemembe nézett.

– Te sem leszel jó vacsora, mérgező számomra a véred. Kár, nagyon finom fogás lennél, de valószínűleg az utolsó – mondta mély, duruzsoló hangon, miközben éreztem, hogy láthatatlan csápok turkálnak az elmém titkos zugaiban. Állataim megbűvölve kővé dermedtek.

– Muhahaha! Az első lény az ismert galaxisban, akinek már a gondolataitól is gyomorrontást kapok – mondta, miközben bájosan rám vigyorgott, hegyes szemfogát mutogatva.

– Talán vissza kéne mennem a többiekhez – említettem, és próbáltam titkolni, hogy meghűlt bennem a vér.

– Ó, ők jól elvannak. Nerwik épp a telepatikus eszközök használatára tanítja őket. Gyere velem, bemutatlak a fontosabbaknak. Bár a legfontosabbat ismered. Ugye, magamra gondoltam. Muhahaha! – nevetgélt, miközben a hátamon is felborzolódtak a nemlétező szőrszálak. Arra gondoltam, hogy ez a vámpírszerű képződmény igen hasonlatos Mirrordhoz, bár a modora mindenképpen kifinomultabb, és bizony neki azért van mivel levennie a lábukról a hölgyeket.

– Nagyon kedvellek ám, földi, igazán különleges élmény az elméd. Csupa mágia, varázslat, páncél. Ne, ne erőlködj a fogalmazással. Már benned vagyok, érzem még a lélegzeted is. Csodálatos élmény. Ezért megéri eltűrni a sok sznobot, bár a hatalmas jóindulatod és etikai érzéked tényleg megüli a gyomrom – udvarolt Shadow. – Gyere csak, mutatok neked pár izgalmas dolgot – dünnyögte, miközben meglegyezett a szárnyával, jéghideg szellőt generálva az amúgy túl párás és meleg környezetbe.

– Talán mégsem ártana megnéznem a többieket – szabadkoztam, miközben követtem a csarnok másik felébe a vámpírkalózt. Egy nagy akváriumnál kötöttünk ki. Azt hittem volna, a vacsora kellékei úszkálnak benne, de a rajtuk lévő ismerős aranyszínű fej-, úszó- és egyéb pántok arra utaltak, hogy ők is intelligens lények. Megdöbbenve vettem tudomásul a saját előítéleteimet. A medencék el voltak választva egymástól, hiszen a sok különböző lénynek különböző folyadékösszetételre volt szüksége. A legszimpatikusabb természetesen a delfinszerű lény volt, míg a sokkarú, amorf lénytől ösztönösen tartózkodtam. Hatalmas szeretethullám öntött el. Hirtelen nehéz volt felfognom, hogy most az ő reflexeikkel, előítéleteikkel találkozom. Rettenetesen aggódtak amiatt, hogy megfulladok a szárazföldön. Persze ez csak a pillanatnyi érzésük volt, amit a tudatos elméjük felülbírált. Mégis úgy tűnt, emiatt minden szárazföldi lény iránt védelmező mechanizmusuk lép életbe, és emiatt a rokonszenv. Talán ők voltak a legtisztább lelkű élőlények. Gyorsan lezajlott mentálisan az emlék- és képcsere. Ahogy az emlékeimben végignézték a mérgezett víz és eső okozta szenvedést és a károkat, éreztem, a döntés már megszületett a lelkük mélyén. Bár folyamatosan fékeztem állataim és korlátoztam feléjük az interfész-adatcserét, Dörmi megmozdult. Odament az üveghez, és nagy farokcsóválás közben lelkesen elkezdte nyalogatni ott, ahol a delfinszerű lény feje tartózkodott. Mirke kikukucskált a mozgásra a cicahordozóból, és nem kevés riadalmat okozott. Szemei a prédát lesték, ajkait éhesen nyalogatta. Nehéz volt meggyőznöm, hogy az ott nem halacska, és nem ennivaló.

Ennél a pontnál le is zárult a kommunikáció. Egy apró rezgést sem sikerült érzékelnem továbbiakban az úszó életformáktól. Dörmi csalódottan visszakullogott mellém; ez a barátkozás is meghiúsult szerinte. Konc eközben átpártolt szárnyas barátunk vállára. Kezdtem is kissé féltékennyé válni. Viszont el kellett fogadnom: a szárnyas lények a szárnyasokban bíznak, a macskák mindent meg akarnak enni, a kutyák pedig mindennel, mindenkivel játszani akarnak. Ez van. Minden lénynek van egy alaptermészete. Az intelligencia tulajdonképpen azt jelenti, hogy ezeket a dolgokat képesek vagyunk felülbírálni, valamint alkalmazkodni, megérteni a másik lényt ahelyett, hogy egyből hirtelen döntenénk róla.

– Nos? Érdemes volt az idegenvezetésemre hagyatkoznod? Gyere, csak gyere, még találkoznod kell pár lénnyel – búgta a fülembe Renegad. Megérkeztünk egy jól megrakott asztalhoz. Egy pikkelyes, hüllőszerű lény próbált barátságos pillantásokat vetni rám. Nem sikerült, ám a fordítópánt kedves, barátságos szavakat formált, és melengető érzést közvetített. A termetes hüllőlény lelkesen átölelt és megszorongatott. Pikkelyes bőre kellemes meleg volt, selymes érzetű. Semmilyen nedves, páncélos érzetet nem keltett.

– Ó, úgy örülök neked! Olyan kellemes meleg a tested, ám az elméd hűvös. A humanoidoknál annyira fordítva van. Azt hiszem, soha nem szokom meg. Kvvrk vagyok. Nézd, hoztam fotókat a gyermekeimről – gondolta, és máris mutatta a karszerű végződésébe épített kis hártyán a több száz fotót.

– Én tizennégyezer éves vagyok, ezek mind a legfrissebb gyermekeim, és a leszármazottaim több milliárdnyian vannak, nem beszélve ugye a többiekről. Családonként egy bolygónk van. Tiszta mázli, hogy ilyen hatalmas az univerzum, és mindenkit ellát. Bár nemrég sajnos egyik naprendszerünk napja elpusztult, így több száz bolygónyi család is. Mi az univerzum legmozgékonyabb részében élünk. Naponta halnak ki családok és naprendszerek, de keletkeznek újak. Mi megszoktuk, ezért is vagyunk ilyen szaporák. Abban hiszünk, hogy bizonyos számú lélek adatott meg fajunknak, és ezek körforgásban vannak. Akik elpusztultak, azok újraszületnek másik bolygón. Nem foglalunk el senkitől élőhelyet. Ahol mi élünk, oda senki nem akar jönni, hiszen annyira képlékenyek a bolygóink és a naprendszereink, hogy egyik pillanatról a másikra jön a halál. Mi mégis szeretjük; ez a veszély emlékeztet minket minden élet értékére. Ezért tartjuk nemes küldetésnek azt, amit teszel. Mi gyorsan sok információt közlünk, hiszen ki tudja, meddig tehetjük. Nekem mindig szerencsém volt. Mindig akkor voltam úton, mikor valamelyik bolygóm elpusztult. Már nem is számolom, hány napot láttam, hány helyen éltem. Ó, igen, érzem, a külsőm elrettent. Növényevők vagyunk, és fényenergiából táplálkozunk. Valamikor, az ősi időkben ez másképp volt a tudósok szerint, de senki nem emlékszik rá. Bolygónként kicsit más a külsőnk, ám a lényeg ugyanaz. Ez olyan, mint nálatok a madarak. Sokféle van, mégis mind madár.

– Volt – vetettem közbe –, csak volt. Kihaltak. Minden elpusztult.

– Igen, igen. Tudom. Ti csak egy bolygón éltek és lassan szaporodtok, fiatalok vagytok. Segítünk. Habár nálunk naponta pusztulnak el bolygók, de mi sokfelé létezünk. Mi így élünk.

Hatalmas teste szinte rengett a kommunikáció közben, pikkelyein ezernyi csillámos színárnyalat játszott. Hátán apró szárnyképződmény, úszóhártyás, négykarmos első nyúlványával hevesen gesztikulált, miközben valami középső nyúlvánnyal tömte magába a gyümölcsöket. Egyetlen kis szeme a fej közepén érdeklődve nézett rám, miközben az összes létező színárnyalat átsuhant a szembogarán. A fej szinte alig különült el a törzstől és a szájnyílás szinte a torkánál volt, melyből három pár agyarszerű képződmény állt ki. Fejét olyan agancsféle díszítette, mint a legszebb szarvasoknak volt a Földön, ám mind tapogatóként végződött és puha, pikkelyszerű bőr borította. Úgy gondoltam, ez a lény a létező legalkalmazkodóbb, amit ismerhetek. Úgy sejlett, vízben, levegőben, talajon, szinte bárhol alkalmas az életre. Eközben újdonsült vámpír barátom próbált továbbrángatni. Hagytam magam.

Pár igen érdekes szkafanderszerűség mellett vonszolódtam el. Az a gyanúm, nem is igazán akartam tudni, mi van a ruha alatt. Fejem, elmém zúgott a sok izgalomtól és információtól. Úgy éreztem, ezt a napot soha az életben nem dolgozom fel és nem rakom helyre. Ennyi különböző lény, és mind szabadon mászkálhatott ki-be az agyamban! Úgy éreztem magam, mint akit egy gyorseke atomjaira bontott. Biológiai funkcióim ébredeztek a sokkhatásból, és állataimnak is kezdett sürgős lenni a mellékhelyiség felkeresése.

Meglepetésemre teljesen emberi mosdót találtam, Mirkének is volt dobozkája, Koncra is gondoltak, és még egy fa is volt, Dörmi megkönnyebbülésére. Tényleg mindenre gondoltak. Majdnem. Csak arra nem, hogy mi külön női és férfi szekcióhoz szoktunk. Természetesen Renegad elkísért ide is. Mirrord is belépett. Tulajdonképpen kis eszközömmel bárhol kényelmesen végezhettem a dolgom állva is. Az erdőben, vagy útjaim során nagy kényelmet adott az az apró szerkezet. Végül is elfértünk egymás mellett a piszoárnál. Mirrordban szokás szerint semmi szégyenérzet nem volt.

– Micsoda mütyürkéd van – említette meg gúnyosan, majd elővette a saját biológiai célszerszámát.

– Akkor ezt figyeld, nagyarc – mondta a vámpír, és előkapta.

– Könnyű a kicsi nőt lefitymálni. Látod? Na, ez olyan, mintha Tikkáé lenne, bármikor a rendelkezésére áll – nevetett Renegad Mirrorrd csodálkozó arcába.

– Istenem! Nem hiszem el, hogy a péniszirigység, -büszkeség
még mindig nem ment ki a divatból – szóltam közbe.

– Egyszerűen csak nem viselem el, ha a kedvenc első tiszt-
temnek beszólogatnak – mondta Renegad, miközben Mirrord
kikullogott a helységből.

– Első tiszt? – kérdeztem még mindig szégyenlősen, vörös-
be borult arccal.

– Az voltál, vagy leszel. Na mindegy, majd megérted akkor,
mikor kell – válaszolta Vámpírúr, és megkérdezte:

– Végzett mindenki? Mehetünk? Vár a tanács.

– Pillanat – mondtam, és a hatalmas tükör előtt elrendez-
tem arcvonásaimat, ruhám. Felkötöttem kontyba rakoncátlan
kék tincseimet, igyekezvén komoly külsőt ölteni.

– Oké, de ne reménykedj, nem tudsz megváltozni. Az vagy,
aki. Sosem lesz belőled komoly hölgy – vigasztalt Renegad, majd
kinyitotta előttem az ajtót.

Egy sötét terembe léptünk. Ösztönösen megszorítottam Rene-
gad kezét. A többiek az előtérben maradtak. Pár néma, éjsötét
másodperc után kivilágosodtak a falak, és kis kockákban meg-
elevenedtek az arcok. Ó, igen, várható volt, hogy a gyűlés ilyen
lesz, hiszen egy helyen nem lehet annyiféle életfeltételt bizto-
sítani. Most örültem a vámpírkalóz korábbi körbevezetésének:
legalább néhány arc ismerős volt. Feszültségem nőttön-nőtt, és
az interfész miatt még csak eltitkolni sem bírtam. Kvvrk vezet-
te a konferenciát.

– Kérem, legyünk tekintettel erre a csöppnyi lényre. Min-
denki kontrollálja a közléseit, és ha lehet, egyenként, hiszen ő
még most szokja csak ezt a fajta kommunikációt – kérte Kvvrk.

– Hadd beszéljek én a nevében, hogy minél kevesebb teher-
nek tegyük ki törékeny elméjét. Javaslom, akkor vonjuk bele
Tikkát, amikor feltétlenül szükséges – mondta SHIG.

– Engedélyezem. Akkor kezdjük – mondta Kvvrk.

– Tiéd a szó, SHIG.

– A Föld bolygó első és legöregebb mesterséges intelligenciája
vagyok. Nekem még volt emberi múltam. Éltem abban a korban,

amibe Tikkát és csapatát vissza szándékozunk küldeni. A mesterséges intelligenciát a Földön tulajdonképpen én hoztam létre, velem kezdődött. Végigkísértem a folyamatot, ahogy az emberi faj biológiailag három részre szakadt. Ez nagyon sokáig nem okozott problémát, ám most megsérült egy vegyianyag-tároló, ami a huszonegyedik századból maradt mélyen a föld alatt. Egy földmozgás kiszabadította. Ez okozta a jelenlegi katasztrófát. Azt hiszem, a régi Ártonok általi beavatkozás most nem fontos.

Tikka képlete lehetőséget ad a múlt megváltoztatására, a bolygó megmentésére. Feltárhatja, hol van a baj pontosan, és semlegesíthetem időben. A másik ok az, hogy a láthatatlan idegen, ami a közösségnek problémát okoz, a huszonegyedik században kapcsolatba került Tikkával. Ezt a kapcsolatot kihasználva talán a közösség is megtudja a lények célját, támadásaik okát, és utat nyithat a tárgyalásoknak. Tudom, egy bolygó elvesztése nem jelent semmit a közösségnek, ám ez a bolygó lehet a kulcs sok probléma megoldására. Tikkának már több útja volt. Emlékezete sérült, és törölni is kellett. Ő nem emlékszik erre a lényre, de átnézve az adatbázist, biztos nyomokat találtam. Ezeket az adatokat az önök rendelkezésére bocsájtottam. Azzal, hogy korábban már a közösség engedélye és tudta nélkül visszaküldtem, nem vétettem a karantén ellen. Igaz, a közösség nélkül ezek az utak kockázatosabbak voltak. Sajnálatos módon sikertelenek is. Most ezért kérem, hogy egy általa kiválasztott csapattal küldjük vissza, a közösség támogatásával. A tudatalatti törölhetetlen emlékeivel most optimálisabb döntéseket tud hozni. Szeretném felhívni a figyelmet arra a tényre, hogy a kongresszusholdra vezető útjukon a láthatatlanok csapdájába kerültek, és kiszabadultak. Ők az első humanoidok, akik túlélték ezt a kalandot. Ez a tény megerősíti a kapcsolatot. Bizonyítja azt a lehetőséget, hogy talán megismerhetjük azokat a lényeket, és tárgyalhatunk velük.

– Mi van, ha elárul minket? Ember. Megbízhatatlan. Az emberek egymást is elárulják, és el akarják pusztítani. Lehet, hogy szövetkezett velük, és ez az egész színjáték. Az adatok szerint genetikai kapcsolatban is áll velük – vetette közbe egy rovarszerű lény, miközben csápjai idegesen lengedeztek.

– Valóban. Az emberek korlátozottan képesek az együttműködésre. Bár ezért tartom kizártnak azt, hogy azzal a lénnyel ők együttműködnének, amivel mi sem tudunk. Igaz ugyan, ha genetikai kapcsolat van, lehet a gyermekük… Akkor lehetséges az együttműködés – vélte egy kígyószerű, lábas jószág.

– A közösséget a bizalom és az együttműködés tartja fent. Most, a Föld bolygóval kapcsolatban változtatnátok ezen, mikor az Ártonok beavatkozásai módosították kezdetek óta a fejlődésünket? – fakadtam ki.

– Tikka, pont erre nem akartam kitérni – emlékeztetett SHIG.

– Miért nem? Hiszen ez fontos. A közösség tartozik nekünk egy lehetőséggel, és mi is azzal, hogy bizonyítsunk. Én megtalálom azt a lényt, és vagy tárgyalunk, vagy elveszem a kedvét a további bajkeveréstől – heveskedtem.

– Na végre, a régi Tikka – mulatott jól a vámpírkalóz. – Adjál nekik, hadd szokják a virtust.

– Kompromisszumokat akartok? Békét? Együttműködést? Akkor azt is el kéne fogadnotok, hogy nem vagyunk egyformák, és a saját hibáitokkal is szembe kéne nézni – lendültem bele. – Nektek több hasznotok van ebből. Hány flottátok veszett el? Hány bolygótok tűnt el a semmibe? Én meg akarok menteni egyet. A Földet. Közben talán visszahozhatok mindent, amit ti vesztettek. Ez jó üzlet. Ráadásul mi visszük vásárra a bőrünket. Nem értem, hol a problémátok.

– Nos, az elején azt mondtam, hogy ezek a lények gyengék testben, elmében, akaratban. Én úgy szavazok, bízzuk rá. Engem meggyőzött. Ezzel a női rettenettel én is meggondolnám a harcot – mondta Tigris.

Egészen meglepődtem. Róla el is feledkeztem; azt hittem, a váróban van a többiekkel, mint csapattag. Most szembesültem vele, hogy a közösség egyik bírája.

– Csupa érzés, szenvedély, de nem öncélú. Erős benne a védelmező ösztön. Az őt kísérő négylábú és szárnyas lények is boldogan együttműködnek vele. A többivel való kapcsolata meglepő szexualitást mutat. Bennük nem bíznék, de Tikka jól kezeli ezt a helyzetet. Mint tudjátok, mi egymás segítségére szorulunk a szaporodáshoz, ezért ebben nem tudok elfogulatlan véleményt alkotni – mondta a delfinszerű lény. – Ám amíg Tikka ezt jól kezeli, szerintem bízzuk rá a döntést a csapatával kapcsolatban.

– Hmm, hmm, már a csapatnál tartunk? Lemaradtam valamiről? – kérdeztem.

– Ők rövid ideig látják a jövőt, enélkül szaporodni sem tudnának. Ez csak perceket vagy pár órát jelent – súgta Renegad.

– Sajnálom, hogy a természetemmel megzavartam a tárgyalás menetét, de nem tehetünk róla, mi ilyenek vagyunk – mondta a delfinféle.

– Remek, mi meg ilyenek – mondtam. – Ennek az elfogadásán alapul a közösség. Vagy tévednék?

– Megleptél minket. Te valóban méltó vagy a közösségi tagsághoz. Igen jók az érveid, bár nem ártana kicsit kevesebb indulat. De ahogy mondtad, nekünk is néha felülvizsgálatot kell tartanunk. Te nem láttad, de közben már majdnem egységesen meg lett szavazva az út. Már csak a részletek vannak hátra – mondta Kvrrk.

Az emberi elme vicces dolog. Míg én pár percnek éreztem a társalgást, addig hosszú órák teltek el. Igor berobbantotta az ajtót. Szó szerint. A maradék vodkakészletét pazarolta el a nemes feladatra. A közösség nem szokott ilyen támadásokhoz, az ajtó gyenge anyagú volt, hiszen ilyen még eddig nem történt. Megdöbbentem, vártam a válaszreakciót. Volt. Harsány nevetés és jókedv. Ahhoz a technikához képest ez olyan volt, mint egy csúzli a gépfegyverekkel szemben. Morcon-morc arccal mellém állt Igor és megkérdezte:

– Jól vagy? Mit csináltak veled?

– Beszélgettünk, Igor. Minden rendben van.

– Ennyi ideig?

– Az idő relatív – gondolta, mondta egyszerre mindenki, és a komoly tárgyalótermet harsány nevetések töltötték be.

– Jöttem megmenteni kicsi gömböc lányt. Az a dolgom, nem kell ezen nevetni – mondta Igor sértődötten, elfeledkezve a fordítóról.

Az általános jókedv nehezen csillapodott.

– Na, ha elpazaroltam a vodkakészletem feleslegesen, kaphatok újat? – kérdezte Igor, lassacskán felfogva a helyzetet. – Uborka is van hozzá?

– Csak ha több ajtót nem robbantasz fel – mosolygott Kvrrk.

– Csak ha nem lesz rá szükség – válaszolta Igor kihúzva magát.

– Ezek mindig ilyen komorak? – kérdezte egy unikornisra hasonlító lény.

– Kivéve, ha száguldozhatok a hátadon – replikázott Igor, gondolván, vissza kell vágnia valahogy, ha már kinevették.

– Rendben, ha továbbra is vigyázol erre a lényre – duruzsolta az egyszarvú.

A komor beszélgetés átcsapott paródiába és általános jókedvbe.

– No. Döntésre jutottunk. Engedélyezzük az utat. Tigris flottaparancsnok és nagykövet, ő megy három hajóval. Az egyiken ti lesztek – próbálta hűteni a hangulatot az aktuális közösségi elnök, Kvrrk. Közben a kis csapatom sorjázott be óvatosan a szétrobbant ajtó maradékán. Konc a vállamra szállt, és szeretettel csipkedte, csiklandozta a fülem. Dörmi morrant egyet, és elfeküdt a lábam előtt. Mirke a jobb vállamra ugrott, és mancsolgatott Konccal. Mirrord próbált egy biztonságos sarkot keresni a kerek szobában, végül beállt az ajtóba. Az osonó kínai véletlenül a hátam mögé került, kezét lazán a csípőmön nyugtatva.

– Ennek ára van – mondta Kvrrk. – Mindegyikőtöktől genetikai mintát veszünk, és át kell esnetek egy immunizáló kezelésen, valamint pár chip beültetésén. Az egyik chip visszahoz benneteket ebbe a korszakba, ha eltértek az irányelvektől. Természetesen hajó, minden nélkül, tehát ez azt jelenti, hogy 90% a lehetőség a halálra.

– SHIG, azt hiszem, ezt fizikailag érthetően el kell majd magyarázni nekik – mondtam.

– Az másik gyűlés lesz, Tikka – mondta SHIG.

– Folytathatom? – kérdezte Krvvk.

– Persze, a többit majd magunk közt megbeszéljük – mondtam.

– Kaptok néhány hasznos implantot, megnövelt erőt. Ebbe beleegyezhettek, vagy nem. Ha nem, nincs utazás. Igor kivétel; az alkoholba áztatott szervezetébe nem tudunk biztonságosan beültetni. Tikka több implantot kap, és regeneráción esik majd át. Minden helyzetben biztosítani akarjuk a túlélését és a vezető pozícióját. A többiek dolga az, hogy segítsék. A beavatkozásnak a lehető legkisebbnek kell lennie. SHIG adatai alapján behelyettesítünk benneteket. Az eredeti személy alvó állapotban lesz az egyik orvoshajón, és jutalomként teljes regeneráción esik majd át, szépeket fog álmodni, reálisakat, hogy ha visszajöttök, vissza lehessen helyezni. Tikka más, vele sakkozni kell. Olyan implantot kap, hogy ki tudja kerülni saját magát, és Shig fogja biztosítani, hogy ne találkozzon önmagával. Az ő huszonegyedik századi munkája fontos, nem vonhatjuk ki a forgalomból, miközben a jövőbeli énjének is dolgoznia kell. Az implant vezérlését SHIG fogja megoldani. SHIG egy része is visszamegy. Készítünk neki több testet. Valósabbakat, mint amit ő tudott. Remélem, felkészült arra, hogy újra ember is legyen, több testben. Biztosítjuk az információáramlást. Ez neki nem fog gondot okozni. Mindegyikőtöknek át kell esni egy részleges emlékezettörlésen, másképpen hamar lebuknátok, és a cél az észrevétlen beavatkozás. Több nép tudását fogjuk használni a programozáshoz. Komoly probléma az alapvető emberi ösztönök és a szexualitás kezelése. Természetesen számítunk váratlan dolgokra is. Jan elméjében is vannak elzárt részek, amikhez nem férünk hozzá. Az emberi meghosszabbított csatolásokat sem tudjuk módosítani.

– Most Koncra, Dörmire és Mirkére gondoltok?

– Igen. Az ő elméjükbe való beavatkozás az alapvető állati funkciók dominanciáját jelentené, az nem hasznos. Viszont a hűségükben nem tudunk kételkedni. Mirrord a segítségedre lesz, fékezzük az agresszív hajlamait irántad, és növeljük mások felé. Elvégre gyilkológépnek viszed.

– Állj. Ez azt jelenti, hogy megváltoztattok minket.

– Ez azt jelenti, hogy bizonyos képességeket, tulajdonságokat felerősítünk, másokat gyengítünk. Ez a változás 20 év alatt ott létrejönne, mi csak gyorsítjuk. Most menjetek. Az utazás jóvá van hagyva, beszéljétek meg a feltételeket. SHIG részletesen válaszol majd mindenre, hogy tudjatok dönteni. Amikor meghoztátok a döntést, SHIG szól, és elkezdődik a beültetés. A gyűlést feloszlatom.

A csapat egy a számomra tökéletes környezetben gyűlt össze. Ismerős, kastélyszerű terem, vad vihar, nyitott ablakok, vastag, lengedező brokátfüggönyök, vizes padló az ablak alatt. A kandallóban lobog a tűz. Konc lustán tollászkodik egy számára készített faragott faállványon, Mirke összegömbölyödve alszik a szőnyegen a kandalló mellett, Dörmi, mint a tűz őrzője, hanyatt fekve, lábait széttárva a kandalló előtt. Jan sétálgat, óvatosan, feltűnés nélkül a közelemben maradva. Meztelen felsőtestén dagadnak a szálkás izmok. Nyugalmat sugall. Csak én tudom, hogy ezredmásodpercek, és akcióra kész.

Mirrord a hatalmas tölgyfaasztal asztalfőjén egy karosszékben terpeszkedik. Izompóló van rajta, hogy ne legyenek kétségeink izmos hasáról. Én ablaktól ablakig sétálok. Igor valamiféle abszurd tai chi gyakorlatot ad elő, vodkásüveggel a kezében. Boldognak látszik, elvégre robbanthatott is. Mintha az lett volna mindennek az értelme, hogy megszerezze a vodkaadagját. Tigris komoly ingben, zsebre dugott kézzel mereng, igyekezve a farát mindig felém fordítani. A nagy gondolkozó fel-le mászkálásban néha beleütközöm Janba. Kikerülöm, töprengek. Várjuk a vadászt, Shirokot.

A magas sarkú cipőm eldobom, ruhám egy része vizes, hiszen ablaktól ablakig megyek. Mintha a szél és a víz válaszolhatna a kétségeimre. Dörmi nagy lendülettel az elhajított lábbelire veti magát, oldva a hangulatot. Visszacipeli hozzám, mire újra elhajítom. Fáraszt a játék. Őt is, mégsem enged elsüllyedni a gondolataim és az aggodalmaim között. Legszívesebben egyedül lennék. Elmém kimerítette a mentális csata, indulatok dúlnak bennem, és nem bízom senkiben. A komor hangulatot a cipőhajigálás, és Dörmi egyre morcosabb rohangálása némiképp javítja. Mihelyst elhelyezkedik simogatásra várva, már rohanhat megint a lábbelim után. Kitartó. Vajon a többiek is? Néha beleütköznék Igorba, de részeghez nem illő módon mindig egy hajszálnyit tér ki. Kitartó. Vajon a többiek is? Fura egy tánc ez. Jan, aki észrevétlenül követ őrült mászkálásomban; Igor, aki egyedi táncát adja elő középen, és Dörmi, aki mindenre rárobban, ami repül. Megunom, le kell vezetnem a feszültséget. Belerobbanok Igorba. Ő a legjobb alany. Gyorsan pár kézmozdulat és gáncsoskodás után megszerzem a vodkát. Mélyet kortyolok a vízből. Találkozik a szemünk. Az illúzió.

– Vigyázni kicsi, gömböc lány – mondja.

Visszakézből adok neki egy pofont. Rájátszik. Elcsúszik Mirrord lábai elé, feldönti székestül, majd megszerzi a pezsgőt az asztalról, és néhány guruló hadművelettel felszolgálja. Arca még piros a pofonomtól.

– Orosz vagyok, bírom, állom az ütést. Férfi vagyok. Nő üthet, de nőt nem üthetek. Férfi vagyok, bírom a nő csapását. Így bizonyítom, hogy én erős, méltó. Üss. Minden ütéseddel, mit állok, bizonyítom, hogy férfi vagyok. Te azt bizonyítod, hogy szeretni kell, ölelni. Ha nem ölelnek, ha nem szeretnek, ütsz, mert nő vagy – mondta, majd átölelt. Vén vállaira záporoztak a kétség, a félelem és a magány könnyei. Tudom, hogy szónoklata a többieknek is szólt tanulságként, hiszen nem tudhatjuk, mire kényszerülünk abban a vad korszakban, ahova készülünk.

– Tudod, kis gömböc, nagyon szeretlek. Te tanítottál. Tanulni akartál, fiatal voltam. Te adtál fegyvert a kezembe. Tőled tanultam meg igazán az illúzió lényegét. Egymás mesterei vagyunk. Sírj, az a te legjobb fegyvered. Az én fegyverem az alázat egy nő előtt. Bizony, okoztam fájdalmat régen, és ahogy látom, újra és újra meg kell tennem. Neked a legnehezebb, kis gömböc. Neked semmi nem stabil. Nézd, nekem legalább a vodka az – kacsintott rám.

Ekkor belépett a vadász. Próbáltam visszaszerezni méltóságom az agyonrágott báli cipőmmel. Dörmi nem adta. Így hát elé sántikáltam. Valami más volt. A vadász egész testtartása megváltozott. *Minden megváltozott*, fogtam fel.

– SHIG vagyok – mondta.

Mirrord leesett a nehezen megszerzett székéről. Jan meg sem állt a mászkálásban. Igor bárgyú alkoholistához méltó vigyorba merevedett.

– Bizony, én vagyok SHIG. Végig veletek voltam.

Még a szél is abbahagyta a játszadozást a függönyökkel. Tudtam, ezt is ő irányítja, a külvilágot, amit látunk. Mindent. Mély levegőt vettem, és nagyot kortyoltam a pezsgősüvegből.

– És? Hagytad, hogy vállon lőjön Mirrord. Hagytad... hogy... nekem kellett vezetni a hajót. És... – Elakadt a szavam, inkább újabb kortyot ittam, hátha az alkohol miatt megúszom a beültetéseket. Mindenki másképp reagált. Igort elfoglalta az üvege és a vállam simogatása. Mirrord széke immár magától kelt életre, miközben tátott száján egy egész pulyka befért volna. Jan mászkálását semmi nem zavarta, csak az, hogy a függönyöket immár ő lebegtette. Tigris azonnal támadóállásba helyezkedett. Teljes férfiúi önbizalmával elindult a vadász felé.

– Ne nevettess. Ez csak egy test. Nem ebben lakom. Csinálhatok húsz ilyet, vagy egész hadsereget. Esélyed sincs – nevetett a vadász a SHIG-től megszokott gépies módon.

– Szeretném, ha tudnátok: ha Tikkának vége, mindenkinek vége. A láthatatlan idegenek könnyen felemésztik az ismert világokat. Senkinek nem érdeke Tikkát támadni. Az mindenkinek az utolsó vicce volna. Ő az egyetlen kapocs a láthatatlan erővel, lényekkel. Ő az egyetlen, aki kiszabadult veletek együtt. Ott voltatok. Veszélyes pont őt kockára tenni a küldetéssel, de ez az egyetlen lehetőség. A ti dolgotok, hogy támogassátok. Mostantól úgy fogtok együttműködni vele, mint az állati kedvencei. A tanács nem mondta, én mondom, mert ez az én hatásköröm. Aki nemet mond, az megy vissza a bolygóra. A savas esőbe. Nem végzem ki; a saját emberi gyarlóságának következménye végzi ki kínhalállal. Csak hazaküldöm. Tigris, ne reménykedj, már kétszáz hajót vesztettek, benneteket is utolér. Nektek sincsen más út. Nem harcolhatunk azzal, amit nem látunk, nem ismerünk. Egyetlen kapocs van: Tikka. Egyetlen lehetőség a tárgyalás.

– Ez fog tárgyalni? A sajátjait is püföli merő szeretetből – háborodott fel Tigris. – Ez olyan hülye, hogy a jelbeszédet sem érti. Könnyű csapdába csalni. Csak egy ember, abból is a legalja a vadak közül. Nézz rá! Barna bőr, gyenge alkat, agresszív. Intelligenciának nyoma sincs. Csak azzal az alkoholistával bohóckodik néha.

– Téged is megvert, Tigris.

– Igen, de az állataival.

– Kímélte az erejét, élt a lehetőségeivel. Okosabb, mint te – mondta Igor.

- Már döntöttünk. Kérhetünk mást is a közösségtől, nem kell neked jönnöd.

- Hoppá... elfoglalt a diplomácia – esett be az ablakon Renegad. – Van erre szűz leányzó? Bocsánat, szépségem. Kegyed szűz? Vagy újra szűz? Vagy az lesz? – és az űrkalóz hangos nevetésben tört ki a saját viccén.

- Nem baj, ön gyönyörű, most is és régen is, kedvenc első tisztem – nevetgélt tovább.

- Kit kell megharapni? Hehe... Hogyhogy ezek még élnek? Mindig mondtam, hogy túl engedékeny vagy, drágám. Nem tartod fent eléggé a káoszt.

- Te is visszajössz velünk? – kérdeztem aggódva.

- Áh, dehogy, én már ott vagyok.

- Hogyan? – kérdeztem.

- Mindegy. Látom, Tigris magán felejtette a hazugság-akadályozó pántot. Hoztam egy kis löttyöt, mielőtt összeverekednétek, vagy túl sokat innátok – sandított Igorra. – Bár annak az öregembernek mindegy. Ő nem kap implantot. Viszont ti reggel azzal kezditek. Szóval a bulinak vége. Mindenki igya meg a löttyét, aztán pihenés.

- Azt hittem, bele kell egyeznünk.

- Már megtettétek, a Dafnék szerint pár óra múlva. Minden a bolygóegyüttállásoktól függ, annak optimálisnak kell lennie. Erre hamarosan lehetőség nyílik. Sietni kell.

- Hogy is van ez? Nem értem.

- Nem baj, a többiek soha nem fogják, neked majd SHIG elmagyarázza.

- Oké, de Igor jelen lesz. A beültetéseknél is. Ha kell, a vodkásüvegével.

- Nem szükséges, ébren leszel – mondta a vámpírka.

- Na, most oszoljunk, mindenki igya ki, amit kap tőlem, aztán ágyba – nevetgélt Renegad. – Téged, Tikka, én kísérlek el.

- Na, ettől féltem – mondtam.

- Nyugi, SHIG is ott lesz, vagy a vadász, vagy ahogy akarod – mondta, miközben enyhe csípőmozgással a tudtomra adta, hogy bármire hajlandó.

– Én nem kaptam butykost – nehezményeztem, miközben néztem, ahogy a többiek engedelmesen felhajtják a szétosztott üvegcsék tartalmát, ezzel belegyezve mindenbe.

– Te majd később – mondta, miközben már kísért is a kabinom felé. Csatolmányaim, ahogy ők nevezték szívem legjobb barátait, hűen követtek.

Beértünk a kabinomba, a szokásos biztonságérzet, minden, ahogy szeretem.

– Tikka, benned van már az összes kütyü, csak aktiválni fogják. Szóval te úgy és azzal szórakozol, ahogy jólesik – mondta Renegad.

– Hogyan?

– A közösség elrabolt, vagy el fog rabolni, és a múltban már beülteti vagy beültette... vagy ilyesmi. Igazodj ki rajta – vigyorgott.

– Már meg sem lepődöm – mondtam.

– Ne is. Na, én most elrepültem, szépülj meg, mert hamarosan itt lesz SHIG, a vadász, vagy valami. Én a helyedben nem hagynám ki a lehetőséget – említette félvállról, majd szó szerint kiszállt a csukott ablakon.

Meglátogattam a fürdőszobát, ahol a talpam alatt színpompás delfin-hologramok úszkáltak, a falak vízesést imitáltak, a kád egy gyönyörű, kővel kirakott kerti tóra emlékeztetett, melyen tavirózsák lebegtek, a WC farönknek álcázta magát, a mosdókagyló természetes sziklamélyedésnek hatott, zöld indákkal. Közben modernizált hegedűs zene szólt. Gyönyörű kék hálóinget választottam. A selyem simogatott, hűtött, gyengédséget adott. Nem akartam gondolkozni. Megsimogattam a rózsám. Kandallótüzet varázsoltam, hiszen már csak gondolnom, vágynom kellett, és a környezet alkalmazkodott hozzám. Mintha a fizika és az anyag törvényei soha nem is lettek volna szilárdak. Mintha megszűnt volna a határ a képzelet és az anyag közt.

– Bejöhetek? – hangzott fel a zene mögött a kérdés.

– Igen – dadogtam, és rögvest bejött a falon át Shirok. Vagyis SHIG.

– Valahogy, tudod, ebben a képlékeny világban, úgy érzem, nincs magánéletem – mondtam.

– Szükséged van rá? – kérdezte, miközben levette a szinte ránőtt khaki inget.

– Sőt – mondtam volna, ha az ajkai nem fojtják belém a szót.

A csók után már nem volt kedvem feltenni azt a hétezernyolcszáz kérdést, ami a fejemben járt. Ám ő nem sietett. Apránként ízlelgette minden porcikám, mintha örökre meg akarná jegyezni. Mintha együtt lélegeztünk volna, mintha minden lélegzet egyre közelebb vitt volna egymáshoz és a teljességhez. Teste forró, érző, remegő lény volt. Igazi szagokkal, valódi mozdulatokkal. Éreztem, hogy érez, mégis, az a hűvös elme ott volt. Az a több milliárdnyi gondolat, impulzus. Szeretkezésünk nem a szaporodás állati ösztöne volt. Valami egészen más. Valami, amit egyelőre csak érezni lehet, leírni nem. Nem is akartam megfogalmazni. Minden idegszálam érzékelt, ám valahol a háttérben az agyam nem állt le. Az a sok kérdés ott volt elfojtva. Mégis, hosszú idő után a testem megkapta, amire vágyott, és az összes porcikám elégedetten sóhajtott fel. Mégsem éreztem tökéletes kielégülést, hiszen az elmém éhes maradt.

Mint egy kiscica, fáradtan, elégedetten a hóna alá gömbölyödtem, közben meg azon gondolkoztam, hogyan tegyem fel a kérdéseim, milyen sorrendben. Teljesen tudatában voltam, mennyire bunkó dolog ez. A gyönyörtől ellazult testünk pihenne még, érzelmeinket át kellene élni. Az agyam meg, mint valami kis aljas ördög, már egyből turbóra kapcsol. Nem enged érezni, mert mindig kérdezne.

– Mondd, kedves – nyögte SHIG.

– Nem akarom, az olyan bunkó dolog lenne.

– Az lenne az, ha hazudnál önmagadról a kedvemért. Ez az, amit nem akarok. Azt hiszem, a mi kapcsolatunk megengedi ezt a – szerinted – bunkóságot. Amúgy is tudom. Minden idegszálad már a válaszokért remeg. Látom. A műszereim kimutatják. Pontosan ismerem minden idegpályádat.

– Oké. Szóval, hogyan van ez az utazás-dolog? Miért kell időutazáshoz űrhajó? Miért kell megválasztanunk a bolygók helyzetét?

– Tudod, az a vicces, hogy én magyarázom el neked azt, amit te fedeztél fel – kacagott fel szívből jövő, édes-érdes, torokból jövő, valódi kacajjal.

– Számomra nem vicces, inkább kétségbeejtő – mondtam kissé ingerülten.

– A bolygók pályája eltér. Maga a Föld dőlésszöge és az Univerzumban lévő helyzete is változik. A kontinensek helyzete, és a domborzat is. Egy apró rengés, és folyó fakad egy hegycsúcs tetején, vagy egy új sziget az óceánban. De rengeteg az űrszemét, az új épület, amiről nincs térkép, adat. Mi most kinézünk egy biztonságos pontot, de lehet, hogy a múltban ott épp egy repülőgép halad, akkor amikor érkezel. Vagy ott egy rekultivált szemétdomb van. Érkezhetsz a föld alá, vagy fölé öt méterrel.

Mindegyik esetben meghalsz. Ha alá érkezel, meghalsz. Ha fölé érkezel, lezuhanhatsz, vagy elüt egy repülő. Először a bolygót kell megtalálni. Ugyanis pont ott kell lennie. A bolygón belül egy biztonságos érkezési ponton. Na, ez lehetetlen. A legjobb túlélési esélyed akkor van, ha egy csendes helyen lépsz bele abba az időkorszakba. Olyan helyen, ahol a legkisebb esélye van meteoritnak, űrszemétnek, másik űrhajónak, űrállomásnak vagy szondának. Utána a csillagközi hajónak kell leszállítani benneteket biztonságosan a földre. Matematikailag így is több mint 50% az esélye annak, hogy valami váratlan dologba ütköztök. A flotta legerősebb hajója a legnagyobb túlélési esély.

– Értem, akkor ezért nem árasztották el időutazók a világot. Vagy ha igen, akkor – sajna – nem élték túl – dünnyögte Tikka.

– Bizony, az utazás lehetősége már rég megvolt, csak a túlélésének a lehetősége nem.

– Mi az a képlet, ami tőlem ered?

– Kedvesem, te ötvözted az elméletek sokaságát, és persze másokkal számoltattad ki. Viszont te gondoltál először ezekre a veszélyekre, és neked jutott eszedbe a matematikát a biológiai kvantumfizikával ötvözni – mondta a vadász, miközben ujjaival érzékin simogatta a gerincem, apró köröket rajzolgatva csigolyánként.

– Te is ez vagy. A kvantumfizika és a biológia ötvözete – nyögte Tikka.

– Valóban. Te hoztál létre.

– Akkor én most a saját teremtményemmel bújtam ágyba?

– Dehogy, csupán csak láttad azt a mozgatórugót, ami létrehozott.

– Te ember voltál – súgtam a gép vagy ember, vagy micsoda fülébe, apró csókot lehelve a füle mögé.

– A flotta legerősebb hajója kilép a huszonegyedik század időterébe a legnyugodtabbnak ítélt helyzetben, majd álcázva elvisz a Földre, és kirak benneteket. Végig álcában a közelben marad. Már korábban küldtem kis szürkéket, akik megalapozzák a munkátokat, és kutyákat, állatokat, amikkel az interfészen keresztül tudsz kommunikálni. Ott leszek én is több testben, viszont nem veheted fel a kapcsolatot a régi, még emberi lényemmel.

– Miért? – kérdeztem.

– Mert ha engem más útra térítesz, ha beavatkozol a sorsomba, akkor lehet, hogy nem leszek a jövőben. Vagy más lény leszek, akkor megszűnsz ott és akkor létezni.

– Szerintem a paradoxon nem létezik. A paradoxon a mi véges elménk szerint létezik. Van valami több, valami más, ami megakadályozza a paradoxont.

– Mire gondolsz?

– A kvantumfizikára, Schrödinger macskájára. Nem semmisülünk meg, csak egyszerre létezünk is és nem is.

– Hogyan tudsz ugyanarra a következtetésre jutni törölt memóriával és törölt információval? – sóhajtotta SHIG.

– Nos, drágám, legalább nem csak nekem vannak kérdéseim. Lehetséges, hogy kár törölni.

– Ez azt jelentené, hogy az odautazott lényünkön kívül még a több lehetséges valóságbeli lényünk is egyszerre van egy időben?

– Igazán nem értem, mi ebben a probléma. Hiszen akkor egyszerre szeretkezhetünk az összes variációban – kacagtam fel, és igazán minden sejtemben sejtettem azt a gyönyört, amit sokan én magunk is érezhetnénk.

– Tudod, kedvesem, nem is igazán tudom, hogy a tudományos lehetőség érdekel téged vagy az élvezet.

– Miért, a tudomány nem élvezet? Akkor mi tartott téged életben?

– Vigyázz. MI vagyok, nehezen viselem a paradoxonokat.

– Kiábrándító vagy. Én azt hittem, egy intelligens biológiai lénnyel szeretkeztem.

– Én is azt hittem.

– Hittél?

– Csak nővel ne vitatkozzon az ember. Valóban emberibb vagyok, mint ahogyan magamról gondoltam. Elégedett vagy?

– Igen. Legalább már nem csak szerintem emberi lény az, akit szeretek.

– MI vagyok. Több billió számításra vagyok képes, és egyszerre irányítom a kupolát, tárgyalok, irányítom az anyagot, tervezek, érzékelem a legbelsőbb működésed. Hogyan lehetnék szerelmes, elfogult, befolyásolható lény ennyi információval?

– Az vagy.

– Valóban. De hogyan?

– Hogyan van egy elektron egyszerre több helyen? Hogyan létezhetünk a múltban majd? Hogyan formáljuk a kiszámíthatatlan pályájú dolgokat? Hogyan lehet szilárd számunkra az, ami tulajdonképpen üresség?

– Erre tudom a választ. De az érzés? – kérdezte a vadász, miközben mindent elkövetett, hogy megcsiklandozzon, és leheletfinom csókokat lehelt a derekamra.

– Tudod, mi az érzés? A biológiai útvonalterv a kvantumoknak. A tested sejtekből áll, aminek az idegpályáiba a te rezgésed, a te tudatod van beleégetve. Biológia még akkor is, ha fizika.

– Nehéz veled vitatkozni, de élvezem. Ijesztő, hogy annyi mindent értesz és tudsz minden adat, eszköz nélkül. Nekem minden a rendelkezésemre áll, és még azt sem tudom, ki vagy mi vagyok.

– Remek következő téma. Én ki vagyok?

– Várható volt, hogy megkérdezed. Nem tudom. Egy gyönyörű nő, teli teljesen felesleges beültetésekkel és megválaszolhatatlan kérdésekkel.

– Akkor miért?

– Ez az adu ász. Azt akartam, hogy azt higgyék, minden képességed technikai.

– Miért?

– Lehetnek árulók. Megpróbálhatják a technikát kiiktatni. Legyél meglepetés.

– Bővebben?

– Nincs bővebben, úgyis törlődik a memóriád. A vitánk felesleges, ám élvezetes. Tudod, hogy féltékeny vagyok kicsit. A múltban sok férfi lesz a közeledben. Megoldottam, hogy mindig én legyek a legközelebb.

– Te mindent kettő az egyben oldasz meg? – kérdeztem morcosan.

– Igen. Haragszol? Nem fogsz emlékezni rá. Én meg élvezni fogom a bűntudatod – sóhajtotta, majd folytatta:

– Jajjajj, most annyira nő vagy.

– Tőled tanultam.

– Kizárt dolog.

– Persze, mert te annyira férfi vagy nőként.

– Hmmm.

– Mondjad – mondta, és kicsit követelően beleharapott a tarkómba.

– Valahogy nincs határ. Nincs határ a nő és a férfi közt. Nincs határ közted és köztem. Úgy értem, én kicsit te vagyok, te kicsit én vagy. Szóval: mi vagyunk. Így nem is olyan izgi a szex.

– Próbáljuk ki újra – javasolta. – De kérlek, ne gondolkozz, hanem érezz.

– Látod, én ezt nem kérem tőled, hiszen akkor leállna a kupola, és sok millió lény halna meg. Nyugodtan gondolkozz közben.

– De hát én pont azt nem akarom.

– Majd a múltban, drágám, majd a múltban – mondtam, és ujjaim ámokfutásba kezdtek az összes létező idegpályáján ebben a testben.

Mintha csak álmodtam volna az éjszakát. Kongó, üres fejjel ébredtem. Homályos álmok utáni érzések tolongtak bennem. Össze kéne szednem magam. Hűs fuvallat, kakaskukorékolás. Mirke a gyomorszájamon landolt. Fel kell ébredni. Valaki harapdálja a lábujjam. Ja, Dörmi. Szárnycsattogtatás, rikoltás, mintha másnapos lennék. Hol vagyok? Tudatom óvatosan, lábujjhegyen ébredezik. A hűvös selyem óvatosan ébreszt. Nyújtózkodom, érzem minden porcikám. Lassan áramlik be a külvilág. Nem akarom igazán, de kinyitom a szemem. Hűvös, férfias gépi hang.

– Jó reggelt.

– Kusss! – nyögöm, közben csiklandozza az orrom a sült tojás és a gyömbértea illata. A gyomrom gyengéd korgással figyelmeztet. Igazán csoda, hogy képes megszólalni Mirke agresszív támadása után. A tízkilós ragadozó a gyomorszájamon mégsem tett érzéketlenné. Gyomrom visszadorombol a vadmacskának. Kinyitom a szemem. A ragadozó szinte a pofámba röhög. A bokám már eltűnt Dörmi szájában, és csöpög a kutyanyáltól. Konc díszköröket repül felettem, mint egy önjelölt ventillátor. Na, ennyit a civilizációról, a hercegnői illúziómról. Bár…. akartam én valaha is hercegnő lenni?

– Nem – válaszolta a magamban feltett kérdésre SHIG.

Rávetődtem a reggelire. Én voltam a gyorsabb. Igaz ugyan, hogy egy tojást elkapott Dörmi előlem, és a virslimet a levegőben már félig elfogyasztotta Konc, azért marad még nekem is, gondoltam, és sikeresen magamba gyűrtem egy tükörtojást. Örömmel állapítottam meg, hogy az erőspaprikámra legalább nincs érdeklődő. Hiába na, ez van a tartozékaimmal: a kajánk is közös. Ez még mindig jobb helyzet, mintha nekem kéne elfogyasztanom a Mirke vagy Konc által felszolgált egeret. Vagy egy Dörmi által boldogan felkutatott dögöt. Inkább én osztozom velük, minthogy nekem kelljen elfogadni az ő zsákmányukat.

– Ezt a reggelit sosem felejtem el – kuncogta a géphang. – Emlékszem, még régen te nézted le a legfinomabb falatokat. Megkérdezted, hogyan képzeltem, hogy időutazó, civilizált lényeknek hullát szolgálok fel.

– A pezsgő ellen nem volt kifogásom.

– Emlékszel?

– Nem, de ismerem magam – mondtam, miközben Konctól próbáltam visszaszerezni az utolsó virslidarabot.

– Hagyd! – mondta SHIG. – Annyit kapsz, amennyit akarsz.

– Az más. Az a virsli az enyém – mondtam, miközben üldözőbe vettem Koncot, és egy hatalmas ugrással visszaszereztem tőle a csemegét.

– Kérsz utánpótlást? Nyugi, nincs benne hús, növényi fehérjékből készült.

– Persze – mondtam, és ahogy a falból kijött a tálcán a virsli, azonnal lecsaptam rá.

Most Konc kergetett engem. Végül egy nagy, játékos gubancként fetrengtünk az ágyon, imitált harcot vívva a finom falatokért.

Elfáradva, nevetve mondtam:

– Na, ez a nap, ez az utazás jól kezdődik. A többiek mit csinálnak?

– Ők a helyzet komolyságához és méltóságához méltón aggódva öltözködnek, ráncolják a homlokukat és komorak.

– Jellemző. Hé, figyelj, SHIG! Nézd, eddig minden élőlény, amit csak ismerek, tud játszani, nevetni. Talán a láthatatlan izé is tud. Mi az agresszió, a félelem ellenoldala? A nevetés és a játék.

– Oké, hamarosan játszhatsz, de talán felöltözve ez egy kicsit hatékonyabb lenne. Ők emberek.

– Na, ezzel már megint mit akarsz mondani?

– Azt, hogy a lábadon szétkenődött tojással, a fejeden madárszarral, és a macska által meglehetősen cakkossá tett öltözetben nem fognak komolyan venni.

– Értem. Irány a fürdőszoba, és valami kapitányi öltözet kéne.

– Meglesz, csak fürödj le, és hát belül is komolyodj kicsit a helyzethez. Tekintsd úgy, mint egy szerepet. Én szeretni foglak mindig, erről fogsz felismerni. Ja, és abban a vámpírban is megbízhatsz. Most már tényleg ideje lenne készülődni. Hamarosan indultok.

– Te nem? – kérdeztem kétségbeesve.

– De, de én már ott is vagyok.

Tigris nem túlzott. A hangárban három gyönyörűre fényesített csillaghajó állt vadonatúj pompájában. Karcolás nélküli hideg fémtesttel csillogott mind. Tigris felszegett fejjel, hamis mosollyal, kuncogó-csillogó szemekkel, büszkén mutatta a flottáját.

– Ezek a legjobb hajók. Mindegyik a te és tartozékaid kényelmére fejlesztve.

Izmos mellkasa feszült a büszkeségtől. Mindent betöltött idegen, de állati, delejes szaga. Mintha a levegőben lévő ionok is megalázkodva rezegtek volna ennyi fennköltségtől. Dörmi vinnyogva bújt a hátam mögé, Mirke szőre égnek állt, és vadmacskaszemei hipnotikusan meredtek a Flottaparancsnokra. Konc kínjában a tollát tépdeste. Mirrord igyekezett közömbösnek mutatkozni, ám homlokán a ráncok idegesen táncoltak. Jant még soha nem láttam ilyen érzéketlen, jeges szobornak. A vadász kimért, számító léptekkel közeledett. Már mindenki tudta, ki ő. Igor lóbálta a teli üvegét, és népdalt dúdolgatott. Őt mintha semmi nem érdekelné.

– Igor? Megvolt a száguldásod az egyszarvún? – nevetett fel gúnyosan Tigris.

– Meg, de sajnos a hátán nem lehetett inni. Nem találtam a szám. Rázós volt.

– Ez a miénk – mondtam, és elindultam az árnyékban hátul megbúvó, zöld negyedik hajó felé, amit a többiek észre sem vettek. Valaha élénkzöld, feszes hajóteste fakón, elhanyagoltan bújt meg a sarokban. Mintha szégyellné magát a sok csillogás között. Dörmi egyből odarohant, és nyálas csókokkal illette a szomorkás hangulatú élőlényt. Konc rászállt a hatalmas monstrum tetejére, és tollászkodásba kezdett.

– Ő csak kísérőnek jön – mondta Tigris.

– Nem. Vele megyünk – mondtam.

– De ő egy sérült biológiai hajó. Diplomáciai okokból egyeztünk bele, hogy elbúcsúztasson minket. Kegyeletből lehet csak itt.

– Nem baj. Vele megyünk – mondtam.

– Én vagyok a flotta kapitánya – mondta Tigris.

– Én viszont az akció parancsnoka, teljhatalommal – válaszoltam.

– De ő nincs felkészítve, csak búcsúztatni jött.

– Jó. Mindenki arra száll fel, amire akar – mondtam, és elindultam.

– Nekem a flottával kell tartanom. Az a hajó amúgy sincs felkészítve az utazásra – szögezte le Tigris.

– Nos, én inkább a jól felszerelt, ismerős járgányt választanám – mondta Mirrord.

– A koordináták belém vannak programozva, tudom irányítani – szólalt meg a fémtestű ZEK.6-os android, akit csak Zeknek becéztünk.

– A lelkiállapota miatt nem tartják alkalmasnak. Gyakorlatilag egészséges, és képes az utazásra. Orlggannek hívják. Fegyverrel nem rendelkezik, és a raktára sincs feltöltve, de képes szükség esetén élelmiszert előállítani és az életfeltételeket biztosítani – folytatta.

– Nevezzük csak Olgának, az kimondható – mondtam.

– Szívesebben utazom élőlénnyel – mondta Igor.

– Én is így vagyok vele. A biológiai lények közelebb állnak hozzám – jegyezte meg a vadász.

– Valakinek szemmel kell tartania Mirrordot – dünnyögte Jan.

– Hát, akkor a sorrend eldőlt – állapítottam meg elégedetten.

Kicsit büszke voltam magamra. Az irányításért vívott első meccset megnyertem. Ez csak egy kis csata, és előttünk a háború. SHIG-nek igaza volt; nem lesz egyszerű.

Óvatosan körbejártam Olgát. Meg-megsimogattam hatalmas testét, melyen számtalan sebhely látszódott. Alig érezhető remegést éreztem minden érintésnél. Nem akartam elsietni a barátkozást. Olga nem csak egy hajó. Egy élőlény, megviselt idegekkel, elhanyagoltan. Pedig ő az egyetlen, aki visszahozta a legénységét az idegen fogságából – néhányat élve, néhányat holtan. Hüllőszerű, kemény bőrpáncélja mintha lassan kezdett volna bemelegedni érintésem nyomán. Várakozásommal ellentétben olyan finom volt az érintése, mint a selyemé. Határozottan érezhető volt, hogy él. A többiek is barátkoztak vele. Tudatom kereste vele a kapcsolatot. Óvatos kíváncsiságot és halvány reményt éreztem, majd rám tört a fájdalma.

Kicsordult a könnyem. Sírva próbáltam átölelni hatalmas testét. Széttárt karokkal hozzátapadtam, arcom meleg testéhez szorítva, szinte szűköltem magányától, félelmeitől. Tőle társai is tartottak, hiszen árnyék-ölelte volt. Kiszámíthatatlan, labilis idegrendszerrel. Olyan, aki megjárt egy teljesen ismeretlen és felfoghatatlan világot. Gyanakodtak rá, mert visszatért. Éreztem a bánatát, hogy nem tudta a legénysége minden tagját élve hazahozni. Zokogtam, torkomat, szememet marta a könny. Hangosan, cinikusan felcsendült Tigris hangja:

– Most már érted? Hagyd a fenébe azt a rozzant nyomorúságot, nem méltó hozzád. Ráadásul veszélyes, és téged is elgyengít.

A hirtelen felszakadó dühtől vöröslő fejjel fordultam felé:

– Te az együttérzést gyengeségnek tartod? Tudd meg, ahhoz kell az igazi erő. Ahhoz, hogy érezd a fájdalmát, és segíts. A gyáva menekül csak az érzések elől. Az, aki fél a fájdalomtól, a sajátjától és a másikétól is. Milyen gyáva katona vagy te? – kiabáltam vissza, miközben igyekeztem uralkodni magamon. Olga tudata ijedten és meglepetten húzódott vissza az elmémből.

– Ahogy gondolod, de még meg fogod bánni a döntésed – mondta vészjóslón, majd Mirrorddal a nyomában peckesen felsétált a csillogó-villogó Mentor fedélzetére. Jan alaposan lemaradva követte őket.

Mi valójában azt sem tudtuk, hol van a bejárat. Shirok, vagyis SHIG, vagyis az MI biztosan tudta, de beletartozott a szertartásba a hatalmas lény kerülgetése, megfigyelése. Fogalmam sem volt, egy ilyen űrrepülő lény hogyan néz ki belülről, hogyan lehet irányítani. Nem tudtam azt, hogy jó döntést hoztam-e, vagy a legnagyobb baklövést követtem el. Felelős voltam a többiekért és a küldetésért, ami az ösztöneim nélkül nem sikerülhet. A legnagyobb feladat az volt, hogy megbízzak a saját döntéseimben, érzéseimben, még akkor is, ha épp nincs kéznél valami logikus érv vagy magyarázat. Olga türelmesen tűrte érdeklődésünk. Az már biztos, hogy a lelkiállapota jót tesz a külsejének. Érintéseink nyomán a bőre fényleni kezdett, és ez a javulás szépen kiterjedt egész testére. A szemünk láttára tért vissza belé az életkedv. Android robotok kezdték körbevenni, és fecskendőkkel valami folyadékkal permetezték be. Ekkor lenyílt egy lépcső. Mintha puha, meleg, nyári homokra léptünk volna. Bátortalanul, megilletődve lépkedtünk fel a hajóba.

Nem volt kedvünk beszélgetni. Nekem eszembe jutott egy régi történet, amikor valaki egy cet gyomrában utazott. Nos, ő egyedül, nem tudván, hogy mi vár rá, biztos kellemetlenebbül érezhette magát. Ki tudja, lehet, hogy egy biológiai hajó volt az a cet is. Senki nem tudhatja azt már ezer évek távlatából.

Félhomály fogadott, kicsit hűs, nyirkos falak, melyek mélyen, de egyre biztosabban doromboltak. Pont olyan hangon, mint ahogy Mirke szokott. Milyen különleges, változatos az Univerzum, és mégis vannak ismerős dolgok, hangok. Mintha bizonyos dolgok az Univerzum alaptermészetéhez tartoznának. Lehet, hogy az Univerzumunk is egy hatalmas élőlény, melyben mi mint mikrobák látjuk el feladatunk, nem tudván arról, épp mi miért fontos a nagy egység számára. Elmélkedés közben önkéntelenül a falakat simogatva sétáltunk a fényesebb teremféleség felé a folyosón. A halvány fény a falakból szivárgott. A gyakorlatban pár másodperces út félórának tűnt. Határozottan érezhető volt, hogy az idő másképpen haladd Olga belsejében. Vajon mit eszik? Hogyan lehet tankolni? Hogyan lesz számunkra megfelelő levegő? Hogyan állítja elő a vizet? Milyen élelem vár ránk? Van WC?

– Érzékelem az utasaim szükségleteit, és mint ahogy az anyaszervezet előállítja a gyermeke számára az optimális létfeltételeket, pont úgy automatikusan én is. Most ti vagytok az én gyermekeim. Érezzétek magatokat úgy, mint az anyaméh biztonságában – szólalt meg Olga a fejemben.

– Bocsásd meg a kíváncsiságunkat, ha kissé tolakodó, de még soha nem jártunk élő hajóban.

– Semmi probléma, nekem sem voltak még ilyen különleges utasaim. Nyugodtan kiveheted a hordozóból a cicádat. Mindenkiről tudok gondoskodni – folytatta. – Vagy talán nem bízol bennem? – és mintha félelem, aggodalom érződött volna a fejemben generálódó hangban.

– Bízom benned, hiszen ezért választottalak téged – válaszoltam, és szabadon engedtem Mirkét.

A macska a jócskán előttünk járó többi állat után szaladt. Mire mi a vezérlőterembe értünk, ők már be is vackolódtak különböző kényelmesnek tűnő beugrókba, melyeket Olga alakított ki számukra. Hatalmas nagy ablakon keresztül láttuk, ahogy az androidok távolodnak a hajótól. Az ablak tulajdonképpen egy hártyás membrán volt.

– Bármikor, bármilyen irányba képes vagyok nektek átláthatóságot biztosítani, tudom, ez hozzátartozik a biztonságérzetetekhez. Ahogy neked is vannak technikai beültetéseid, nekem is vannak. Semmiben nem szenvedtek majd hiányt – súgta a hajó. – Kell majd egy kis kitérőt tennünk, mert üzemanyagot kell magamhoz vennem, vagyis táplálékot. A bolygó koordinátáit nem tudhatjátok, de ígérem, hogy időben Földközelbe fogunk érni. Gyorsabb utakat ismerek, mint a flotta – folytatta némi büszkeséggel a hangjában.

Annyira lefoglalt a sok új információ, hogy szinte elfeledkeztem a többiekről, akik láthatólag jól megvoltak nélkülem is. Igor már kényelmesen elhelyezkedett egy fotelben, ami finoman masszírozta az öregember megfáradt izmait. Még a vodkájáról is elfeledkezett a nagy kényeztetésben. Lehet, hogy mire megérkezünk a Földre, le is szokik róla – gondoltam cinikusan.

A vadász, úgy tűnt, műszaki ellenőrzést tart. Ha valaki tudta, mit csinál, az ő volt. Igor kéjes nyögései arra sarkalltak, hogy én is kipróbáljam a masszázst. Lehuppantam az ablak elé, a többinél kicsit magasabban elhelyezkedő fotelba. Tökéletesen körülölelt az ülőalkalmatosság, finom rezgésekkel ápolva a feszesebb izomcsoportjaim. Teljesen ellazultam, alig vettem észre, hogy elindultunk. Olyan csendesen, zökkenőmentesen emelkedtünk fel, amihez foghatót még soha nem tapasztaltam járművön. Egy kicsit megfeledkeztem a gondokról, arról, hogy mit fogunk enni, inni, hova megyünk.

Gyönyörködtem a távolodó mesterséges bolygóban, és elszundítottam a csillagokat bámulva. Álmodtam. A Föld gyönyörű tájairól, napsütésről, tengerpartról, seregnyi földi élőlényről. Néző voltam. A saját gyönyörű bolygóotthonomat néztem kívülről, idegen szemmel, rácsodálkozva gyönyörű csodáira. Hatalmas fák lombkoronái felett repkedtem, ízletes virágok nektárját ittam, denevérként érett gyümölcsök nedvét kóstoltam. Teknősként lomhán haladtam, miközben a fű simogatta a hasam. Oroszlánként száguldottam a szavannán. Vígan lubickoltam delfintársaimmal a tiszta, édeni vízben. Vakondként ástam alagutam, és hódként várat építettem. Biológiai hajó voltam, és áttetsző légi medúzaként ittam a hűsítő vizet, tápcsatornámon keresztül szívtam magamba a Nap éltető plazmáját, hogy testem felkészítsem a szaporodásra. Egyesültem egy másik hajóval, és gyönyörű, zselés gyöngyökként szórtam szét tojásaim a bolygókon. A biológiai élet sokszínűségét és változatosságát éltem át egy megnyugtató álomban. Lassan ébredtem, tudatom csendesen motoszkálva figyelmeztetett: az álom Olgától származik. Reméltem, hogy ő is békét és nyugalmat, gyógyulást talált benne. Lassan kinyitottam a szemem és megnéztem társaim. Igor nyugtalanul hánykolódott ülésében. A vadász szobormereven, tágra nyílt, szinte élettelen szemekkel, feszesen ült. Hát, valószínűleg ők nem álmodtak olyan szépet.

– Veszélyes társaid vannak – mondta Olga.

– Pedig ők a csapatom legjobb tagjai – válaszoltam.

– Az a sok szörnyűség… Az mind az emberektől származik? Miért tesznek gonosz dolgokat? Miért a gyilkolásról és pusztításról szól a történelmetek? Tényleg ezeket akarod megmenteni? Te miért vagy más? – kérdezte gyorsan és ijedten a hajó.

– Olga, én nem csak az embereket akarom megmenteni, hanem azt a sok más élőlényt is, amit az elmémben láttál. Az emberi faj megbetegedett, még a történelmünk kezdetén. Minden faj történetében vannak sötét és fényes szakaszok. Te sok fajt ismersz, ezt neked is tudnod kell.

– Ilyen hosszú, gyötrelmes és kegyetlen időszakok más fajnál nem jelentkeztek. Az emberi faj történelme szinte csak ebből áll – mondta szomorúan.

– Azt láttad, ami a legmélyebb nyomokat hagyta, mert mi a rossz dolgokat mélyebben megőrizzük az emlékezetünkben. Igor emlékeit láttad, aki a huszonegyedik századból került ide. Benne még nagyon mélyek a benyomások. Valóban igaz, hogy az emberi faj történelme kegyetlen és szinte felfoghatatlan, mert betegségből adódik. Pont ezért kell meggyógyítani, megmenteni, és esélyt adni arra, hogy végre a nemes oldalát is megmutathassa. Ráadásul egy volt katona, egy harcos elméjét nézted.

Mást láttál volna egy tudós elméjében, mást egy orvoséban. Mi, emberek is ahányan vagyunk, annyi nézőpontból emlékszünk ugyanazokra az eseményekre. Mégis igazad van, tényleg szörnyű. Most mit fogsz tenni? Kiköpsz minket félúton?

– Hé! Én nem vagyok ember. Még gondolkozom azon, mit tegyek – háborodott fel Olga.

– Rendben, de addig is áruld el, hol vagyunk – kértem.

– Hamarosan leszállunk, energiát kell magamhoz vennem. Te ébren maradhatsz, de a többiek nem. Te más vagy. Szépet álmodtál. Tudod, mindenki azt álmodja, ami fontos neki, ami a lelke mélyén lakik. Téged elfogad ez a bolygó. Majd megérted, ha leszálltunk.

– Rendben, de nem időzhetünk sokáig, hiszen utol kell érnünk a többieket.

– Még mindig nem érted az időt. Akármennyi idő eltelhet útközben számodra, ez nem befolyásolja azt, hogy a célhoz mikor érünk oda. Tudod, számomra az idő olyan, mint egy pókháló; közlekedem rajta. Vannak kanyarok, elágazások, amiket be kell tartani, de bármelyik irányba haladhatok, és az a pont, ahova az időben el akarok jutni, ott marad akkor is, ha közben körbejárom a teljes hálót.

– Ó. Te térként érzékeled az időt?

– Nem értem azt, ahogy ti érzékelitek, és te sem tudod teljesen megérteni azt, ahogy én érzékelem. Más érzékszervekkel, más biológiai felépítéssel rendelkezünk. Mint a kérész és teknősbéka. Én látom az időt úgy, ahogy te a pókhálót, de a pókhálót a légy már nem látja. Nincs hozzá érzékszerve. Ezért el kell fogadnunk azt, amit a másik lát, és érzékeli, hogy az az ő számára valóságos. Nem tudjuk eldönteni biztosan, az, vagy nem az, ám, ha ő érzékeli, akkor az az ő számára létező. Pont a különbözőségeink miatt fontos az együttműködés a fajok között. Ám ha az egyik faj tökéletesebbnek gondolja magát és lebecsüli a másikat, akkor nincs együttműködés, és mind elveszhetünk. Ez ugyanúgy igaz az egy fajon belül létező egyedekre is. Ez okozta az utasaim vesztét, amikor a láthatatlan elragadott minket.

– Te láttad őt?

– Nem. Még én sem láttam őt. Ám az utasaim pánikba estek, nem tudtak együttműködni, egymást hibáztatták. Megpróbáltam elkábítani őket, és ellenem fordultak.

– Értem. Akkor tulajdonképpen nem az idegen tett bennetek kárt, hanem ti egymásban?

– Igen, és ez olyan szörnyű volt. Olyanok voltunk, mint az emberek. Még én is, mert kénytelen voltam védeni magam, hiszen ha elpusztulok, minden utasom velem pusztul a jéghideg űrben. Nem védi őket semmi. Túlnyugtatóztam őket. Tudtam, hogy lesz, aki nem éli túl. A közösség nem tudja, de a társaim, a többi hajó igen. Azt várták, én mondjam el, de nem voltam rá képes. Féltem, hogy fajunk minden tagjában megrendül a bizalom, és ha nem lehetünk hajók, akkor nincs értelme a létezésünknek. Így lettem kitaszított. A bűntudat mart, és belebetegedtem. Nagyon buta döntést hoztam. Okosabban kellett volna megoldanom, de nem tudom, hogyan. Amikor te jöttél, úgy éreztem, lehetőség nyílik arra, hogy jóvátegyem a bűnöm. A te reményed és bizalmad belém szivárgott. Veled együtt szembenézhetek a láthatatlannal, és megtudhatom, megtanulhatom, hogyan tudnék jobb döntést hozni.

– Tudod, Olga, sok élőlény bízik bennem ok nélkül. Nem tudom, miért. Remélem, rászolgálok erre a bizalomra. Viszont arra kérlek, legközelebb ne altass el a beleegyezésem nélkül. Tudod, mi emberek a történelmünk miatt sok szörnyű dologgal találkoztunk már. Talán emiatt jobban szembe tudunk vele nézni.

– Igen. Hallottam, hogy amikor a tanácsholdra érkeztetek, útközben találkoztatok Vele. Kiszabadultatok, és senki nem sérült meg. Majd még beszélünk róla. Most megérkeztünk az én szent bolygómra. Azt tartják, hogy mi, a hajók, mind innen származunk. Itt élt az első hajó. Itt regenerálódunk és töltődünk fel. Máshol is találunk energiát, élelmet, de ez itt a tökéletes számunkra. Más hajó nem jut el ide, mert kettős csillag körül kering, és azok közt a bolygók nagyon zárt pályán mozognak. Ide csak mi tudunk jönni, mert mi az útvonal tudásával születtünk. Ez a mi ősi otthonunk. Bekenlek egy váladékommal, ami megvéd a hőtől, és nyugodtan kiszállhatsz. Talán te is találsz itt tudást és megnyugvást. Ez a bolygó mindannyiunk őse. Azt mesélik, az Univerzumban itt alakult ki először az élet, és a hajók vitték szét a világegyetemben az ősanyagot. A legendák szerint minden élet innen származik, és az első élőlények mi voltunk, pont ezért szállítjuk és óvjuk a többi lényt; hiszen ősi szülőkként mindet a gyermekünknek tekintjük. Ha Istent keresed, itt megtalálhatod.

– Nem keresem Istent. Nem is kerestem. Tudom, ez majdnem minden gondolkodó lénynek fontos, de számomra nem. Nagyon boldog vagyok, hogy megmutatod nekem ezt a szent helyet, és ez sokat jelent nekem. Biztosan találok válaszokat pár kérdésre. Vagy pár kérdést néhány válaszra. Köszönöm. Nos, akkor mivel kell bekennem magam?

– Baloldalt találsz egy kis tégelyt, azt idd ki. El fog látni oxigénnel, ugyanis lélegezni nem fogsz tudni, de nem kell megijedned, burokban leszel, ami véd, és elegendő oxigénhez jut a szervezeted. Először biztos szokatlan és ijesztő lesz. Utána, megint balra, találsz egy beugró részt, ott van egy kád, amiben teljesen el kell merülnöd, egy milliméter sem maradhat ki, mert kint 300 °C fok van. Megsülnél.

Olga becsapódott, lubickolt a plazmában. Félve léptem ki a zsilipen. Mérhetetlen szeretet ölelt át. Az energia minden atomi részecském átjárta. Éreztem, értettem, hogy egyidős vagyok a világegyetem keletkezésével. Minden atomom az Univerzummal egyidős. Most végre együtt lüktetett, érzett, létezett vele. Atomok, érzések halmaza voltam. Minden egyszerre. Az út, és az utat alkotó kavics. Az, aki az úton jár, és az a sok baktérium is, és minden élőlény. Mi mind egy lény voltunk, biztonságban. Ahogy Olga mondta, mint az anyaméhben. Tökéletesnek, hibátlannak éreztem magam, és tökéletes egységben minden létezővel. Mégis valahol én maradtam, közben a nyálkás, zöld mocsár elnyelt, egyre mélyebbre süllyedtem az anyagok ősi, mocskos káoszában. Már a legkisebb részecskét, a fényt is, mindent érző lénynek éreztem, és mind én voltam. Közben én maradtam, kérdésekkel, tudattal. Minden tudományos álmom teljesült. A megismerés, mégis mind sikított, ahogyan én, amikor a Láthatatlan erős mancsával megszorított. Mégis mind boldogan szeretett, mint én. Mégis mind én is voltam. Egy pillanatra éreztem a Láthatatlant. Ő volt a határvonal, ő volt az, akinek a létét tudtam, de nem éreztem. Ő volt a kitaszított, a kívülálló. Ő valami más volt. Mint valami megfigyelő egy másik világból. Mert még ezen is van túl. Mindenen van túl… és még tovább. Végül mégis megszűntek a gondolataim. Már csak élveztem a hőt, ami hamuvá égetett volna. Élveztem, boldog voltam, és lebegtem a plazmában a nagy egység tudatában.

– Emlékszel? – kérdezte Olga.
– Igen – nyögtem.
– Értesz? – aggódott.
– Igen – sóhajtotam.
– Jó volt?
– Nem.
– Miért?
– Féltem.
– Mitől?
– Féltem, hogy csak illúzió.
– Még miért?
– Féltem, hogy csapda.
– Még miért?
– Nem értettem, hogyan lehetek egyszerre minden, és önmagam is. Olyan volt, mintha egy kicsit meghaltam volna.
– Na, akkor nem lesz ismeretlen az a világ, ahová mész. A felkészítés sikerült. Ne feledd: egy kiáltásod, és ezer fényévekről érted jövök. Mostantól az anyád vagyok. Na ne, ne aggódj, nem emberi anyád vagyok. Én soha nem árullak el, soha nem hagylak cserben, és soha nem leszek rád féltékeny azért, mert fiatal vagy. A kvantum-anyád vagyok. Alapvető részecskéink keveredtek, te már a családom vagy. Mindig megmentelek – vagy meghalok. Te is mindig megmentesz, vagy meghalsz. Ez valódi szimbiózis. Kvantumszinten. Nálad vannak a jobbkezes kesztyűk, nálam a balosok, ha nem cserélünk, mindegyik kéz lefagy. Örök szövetséget kötöttünk, Tikka. Anyagi szinten.
– Mi lesz a Láthatatlannal? Én éreztem. Egy kicsit éreztem.

– Ezért raboltalak el, hogy kémiai szövetséget kössünk. Én ismerem és félem, te nem ismered, de legyőzöd. Mi legyőzzük.

– Olga... Biztos, hogy győzni kell? Nem elég élvezni a játékot? Az információt? Biztos rangsorolni kell, ki az okosabb, erősebb? Ki a jobb? Biztosan győzni kell?

– Félek.

– Megvédelek, anya, ahogy te engem.

– Ha nem árultak volna el a sajátjaim, talán, talán tudnék hinni benne.

– Oké, ne higgyél benne, de ne zárd ki a lehetőségét.

– Gondolkozom rajta.

– Akkor induljunk, mert sok milliárd ártatlan és bűnös lény élete múlik az időn.

– Áhhh, még mindig nem érted az időt. Az időd csak a tied. Te döntöd el, mit teszel várakozás közben, mire használod azt az időt, amit el akarnak lopni tőled. Te döntöd el. Amúgy meg csak egy érzés. Azt hiszed, minden egy irányba megy? Tanultál te fizikát? Lehet, hogy mégis kár volt megmutatnom neked. Nem értesz semmit.

– Idő kell, hogy végiggondoljam, hogy feldolgozzam, hogy...

Az idő nem létezik, csak úgy, ahogy akarod – mondta Olga, és kissé idegesnek tűnt. – Nekünk egyszerű, mi látjuk, ti meg elképzelni sem tudjátok. Tudod, mint a légy és a pókháló. Azt akarom, hogy lásd. Meg fogod tanulni. Egységbe fogod hozni a világokat a megértéssel. Ehhez meg kell értened az időt, ám a Láthatatlant nem értem én sem. Te érted, érzed. Ellenálltál neki.

– Kérlek, akkor magyarázd meg, tanítsd meg nekem azt a teret, ami idő. Olga. Szerintem én pont ezt érzem. A logikus MI és a te érzelmes lényed közt vagyok. Talán a láthatatlan is így van. A tér és az idő közt. Talán pont ott van a Láthatatlan. Azért nem érti, méri, érzi senki. Talán nagyon magányos.

– Tudod, van, aki érzi a dolgokat, van, aki le tudja mérni, van, aki látja, van, aki csodálja, van, aki osztogatja, van, aki használja, és van, aki kihasználja. A legszebb dolog az egészben, hogy a lehetőségek, képességek szét vannak osztva, mindenki csak együttműködve a másikkal juthat hozzá az információkhoz, az

érzésekhez, és az élethez. A csúnya az, hogy ezt nem mindenki látja be, és úgy gondolja, hogy ő értékesebbet adott hozzá,
mint a másik. Te azért vagy csodálatos, mert mindenben tökéletlen vagy, de mindegyikbe belelátsz annyira, hogy értékeld.
Pont emiatt tudsz együtt dolgozni mindenkivel, így összhangot teremteni. Emiatt bízunk benned. Mert látod, még vele is
megértéssel vagy.

– Mondj valamit a jövőmről, te az idő szövetében utazol.

– Amit elmondhatok, elmondom. Egy új fajt alapítasz a világegyetemben. Senki nem lesz rájuk büszke, mégis sokat fognak jelenteni az univerzum számára a gyermekeid.

– Olga, nekem nem lehet gyermekem.

– Persze, hogy nem, mert már vannak. Megmutatom neked
őket, hiszen nem fogsz emlékezni rájuk, de a tudat alatt ott lesz
a motiváció és az érzés. A múltban elrabolnak majd, a petesejtjeidet ellopják, és egy egész bolygót benépesítenek az utódaiddal.

– Ki az apa?

– Kik az apák? Azok, akikkel genetikailag kompatibilis vagy.
Ám az utódaid rád hasonlítanak, fel fogod ismerni őket. Nagyon
sok évszázad alatt külön gonddal válogattad az apákat tudtodon
kívül. Kis tasakban, a testedben őrizgetted az örökítőanyagot, a
megfelelő időre várva. Ezt mind megpróbálták elrabolni tőled,
és fel akarták használni, így egy bolygóra menekítetted a gyermekeid. Ott különösen békés civilizáció alakult ki, mely már az
alapoktól mentes volt a kártékony gondolkozástól, versengéstől. Elviszlek oda, de csak távolról nézheted most.

Visszatértem Olgába, aki nagy toccsanással szakadt ki a plazmából. Óvatossága valahogy a ködbe veszett. Éreztem, ahogy
minden erejét megfeszítve halad a téridőben. Erős teste rázkódott az erőlködéstől. Társaim még mindig álmaik fogságában
vergődtek öntudatlanul. Állataim békésen szunyókáltak. Útközben ízlelgettem a szót: anya. Vajon mit jelent? Homályos
érzéseim voltak nőkről, akik így hívatták magukat, és cserbenhagytak. Vajon ki az én eredeti anyám? Van olyan? Talán azért
maradtam gyerekes lény, mert nem volt anyám? Anya? Mit je-

lent? Sokat halottam róla, de soha nem éreztem. Ez lenne az a nagy üresség, ami a lelkemben van? Most meglátom, én milyen szülő voltam? Hogyan lehettem anya, ha nem érzem, mit jelent? Talán olyan, mint SHIG vagy Olga nekem? Mindenki tudja, mit jelent, csak én nem? Vagy olyan lehet, mint én az állataimnak? Minden lény tudja, érzi, érti, csak én nem. A Láthatatlannak van anyja? Tudja, mit jelent? Az ő üressége, rejtélye nagyon hasonlít az én lelkemben lévő hiányhoz. Lehet, hogy ő maga a hiány. A láthatatlan ismeretlen a megfoghatatlan hiány maga. Ha őt megértem, akkor megértem, mit jelent az: anyának lenni? De hát anya vagyok. Olga szerint egy egész faj anyja. Lehet, hogy megfejtem a titkot, és még a Föld múltjába sem kell visszatérnem? Vajon mit gondolnak a gyermekeim egy ilyen anyáról, mint én? Aki nem is tud róluk? Hamarosan meglátom.

Hallottam a sercegést, a súrlódást, ahogy Olga beért a légkörbe. Rajta keresztül hallottam. Az utastér rezzenéstelen csendben, némaságban aludt, ám a kapcsolatom vele olyan erőssé vált, hogy az ő érzékszerveivel éreztem. Bár az idő szövetét nem láttam, értelmem nem fogta fel, de a többi hatást tudtam érzékelni. Kapcsolatunk ellenére nem bíztunk egymásban tökéletesen, mégis elég erősen ahhoz, hogy érzékeljünk. Olga pályára állt, hogy a legkisebb energiával repülhessen a sűrű légkörben. A kivetítő ablakhártyán nézhettem a tájat és a lényeket.

Hatalmas, 3-4 méter magas, emberszabású, pikkelyes bőrű teremtményeket láttam, bundával. Az arc és a kéz pikkelyes volt, a test többi része is, de azt már sűrű erős szőrzet is takarta. Meglehetősen fura leszármazottak. Vajon mit szólna ehhez Darwin? Ahogy haladtunk, láttam a megművelt kis szigeteket. Nem hatalmas földtáblákat, hanem sok kis művelt földszigetet. Láttam, ahogy a föld művelése közben az őshonos állatok a szüretelőkkel együtt dolgoznak, és persze eszegetnek is. Ahogy körberepültük a bolygót, csak a békét láttam. Kis, apró otthonok, szigetszerűen. Mindenki boldog, nevet, játszik. Sárral dobálják egymást és nevetnek; egy kis állat vizet visz a hatalmas lényeknek, és ellopja az élelem egy részét, amin jót derülnek.

Egy másik helyen táncolnak és ölelgetik egymást. Hosszú ideig keringtünk, és figyeltem. Nem láttam szomorúságot és boldogtalanságot. Nem láttam fejlett technikát sem. Úgy gondolnám, ilyen volt a Föld is a vallások előtt. Igaz, itt az ökoszisztéma sem egymás kárára épülő volt. Úgy tűnt, itt nem létezik erőszak. A halottakat nem temették el: egy-egy szent hegy tetején hagyták lebomlani. A ragadozónak tűnő, macskaszerű lények is csak dögevők voltak. Élőhöz nem nyúltak. Túl tökéletesnek tűnt minden.

– Olga, hol a hiba?

– Miért kérdezed?

– Ez lehetetlen, túl tökéletes.

– Pont te mondod? – mondta, és a nevetésétől rengett minden. Olyan vicces volt ez neki, hogy mindenki felébredt.

– Ők a te gyermekeid, és pont te nem hiszed a létüket? – hahotázott közben.

– Védelmi funkciókat aktiválni. Pajzsot fel. Életfeltételek ellenőrzése – kiáltotta álomtól kótyagosan a vadász.

– Hú, ez jó kis vodka volt. Van még? – horkant fel Igor.

Ekkor már én is a földön fetrengve hahotáztam, miközben minden jószágom a hónom alá próbált bújni. Koncnak a hajam alatt jutott hely. Olga nevetése biológiailag is könnyel járt, tehát a padlózat is igen síkos lett. *Tiszta mázli, hogy a könny fertőtlenít* – gondoltam, és tovább fetrengtem a latyakban az állatkáimmal, fogva a hasam a röhögéstől, miközben barátaim is csúszkáltak Olga könnyén.

– Csak tettünk egy kis kitérőt, de most már irány a Föld – mondta Olga, tőle szokatlan, határozott hangon.

Mire a többiek felfoghatták volna, hogy hol vagyunk, tovarepültünk.

Én magamra maradtam gondolataimmal, alig-információmorzsákkal, ám annál több érzéssel és kétellyel, miközben a többiek magyarázatot vártak. Ám arra nem volt időm. Máris megjelent előttünk a bolygó.

– Nos, azt hiszem, várakoznunk kell – mondta Olga.

– Miért? – kérdezte Shirok.

– Korán érkeztünk.

– Jó helyen vagyunk? – érdeklődött komoran Igor, miközben a szanaszét keringő műholdakat és űrszemetet bámulta.

– Biztosan – mondta Olga, és egy szkafanderes emberke került a látótérbe.

– Mentsük ki, csörlőzd be! – kiáltott a vadász.

– Nem lehet. Több évtizede halott – válaszolta Zek, aki mióta Olgán voltunk, igencsak visszafogta tájékoztató hajlamát.

– Áldozatok nélkül nem sikerülhetett az embereknek az űrutazás. Ők a névtelen hőseitek, akik vagy valamelyik űrszemétben nyugodják örök álmukat, vagy itt keringenek. Ők azok, akiknek nem sikerült, akiknek nincs nevük, és soha nem is léteztek a történelmetekben. Sokan vannak – mondta Zek, miközben a következő ruhátlan, megfagyott kínai teteme úszott el a látótérben, kellemes mosollyal fagyott, hideg ajkain, égésnyomokkal testén.

– Az a nagy kérdés, hogy a csodaflotta miként tudja ezt kinavigálni. Ha megérkezik. Meg kellene tisztítanunk számukra a teret, ám Olgának nincs fegyverzete. SHIG? Bocsánat, Shirok. Gondolom, mindegy, melyik neveden nevezlek. Van ötleted? – kérdeztem.

– Nincs. Erre nem gondoltam, pedig igen sok hulladékot elpucoltam már ezen korszak után. Nem számítottam rá, hogy egy fegyvertelen biológiai hajót választasz – mondta SHIG.

– Igor? Ötlet? – kérdeztem kétségbeesetten.

Állataim ekkor hatalmas ricsajt csaptak, a macska majdnem túldorombolta a kutyaugatást, ám Konc vitte a fülsiketítő prímet.

– KUUUUUSS! – kiabáltam, és néma csend ereszkedett a hajóra. Mindenki gondolkozott. Pár perc után Igorban született meg a zseniális terv.

– Olga tud kiabálni? Hanghullámok. Üvegtörés, operaénekes – adta tudtunkra szavak halmazában.

– Találtok jobboldalt egy kinövésen füldugót, használjátok.

Pillanatok alatt felfogtam. Állataim fülét bedugtam, mindenki a fülébe gyömöszölte a viaszos anyagot.

Olga egyenként becélozta az akadályokat, figyelve arra, hogy aktív műholdat véletlenül se semmisítsen meg. Majd elkezdett sikítani, abban a hullámtartományban, mely számunkra nem hallható, de a világűrben is terjed, és képes atomjaira oszlatni szinte bármilyen anyagot. Arra gondoltam, igen méltó megsemmisülés és temetés ez a sok hősi halottnak. A füldugó ellenére is érezte testünk minden porcikája a rezgést. Az érzelmi skála jelentős tartományát éltem át a passzív hanghatásnak köszönhetően, ám az út tisztult közben. Süketen, némán néztük a halottak és az inaktív műholdak, szondák, az útakadályok atomokra hullását. Kényszer-némaságunk közben valódi megemlékezési csendet adtunk a hősöknek. Talán nem sértődtek volna meg egy ilyen temetésen, hiszen nem is volt nekik korábban semmilyen: az emberiség kitörölte memóriájából a sikertelenséget, velük együtt – gondoltam.

Végül valakik mégis megemlékeztek róluk is. Már másodjára szolgálták fajuk fennmaradását a megsemmisülésükkel. Másodjára haltak meg, tűntek el. Ám mi legalább emlékezni fogunk.

– Nem, nem fogtok – mondta Olga a fejemben –, de a szívetekben ott lesz.

Alighogy végeztünk a gyászos munkával, pár lézersugár és rakéta célba is vett minket egy védelmi műholdról.

– Őket nem bánthatjuk – mondta Olga –, lentről irányítják, meg kell őket téveszteni. Táncolni fogunk. Kapaszkodjatok.

– Tangó! – rikkantotta el magát SHIG, mint akinek vannak emlékei efélékről.

– Vodkát ide! – kiáltotta Igor, miközben én bölcsen együvé nőttem Olga talajnak hitt belső rendszerével. Olga humorérzékét dicséri, hogy a *Soha ne mondd* című dalt szolgáltatta a tánchoz, amit valószínűleg emlékeimből túrt elő. *Hát igen, ennyi megérte* – gondoltam, és kihunyt a tudatom.

Mikor magamhoz tértem, egyből Olgának támadtam.

– Most mi van, ez a kedvenc szokásod? Elaltatsz, beájultatsz mindenkit, aki kezelhetetlen? Míg bele nem halnak?

– Nincs más választásom, majd megérted – válaszolta higgadtan, miután leggyengébb pontjába vájtam kíméletlenül dühömben. Elszégyelltem magam. Ám mielőtt elmélyedtem volna lelkiismeretemben, kirobbant a mélyűrből a háromhajós mini flotta.

Még soha nem láttam ilyet. Mint egy napkitörés. Hatalmas, tüzes energiarobbanás. Háttérben a Nap, hogy álcázza. Majd a tudósok elgondolkozhatnak azon, hogy hogyan ért olyan hamar oda a napkitörés fénye 8 perc helyett 4 perc alatt, bár remélhetőleg a szondákat is lebénítottuk kis időre. Az a gyanúm, az *idő* szót nem szívesen fogom emlegetni egész éltemben. Mindig abból van a kalamajka.

– Hajó a 6/3, 54, 11-es koordinátán – szólalt meg Zek.

– Itt a Mentor, a közösségi flotta felderítőhajója. Azonosítsd magad, idegen hajó a 6/3, 54, 12-es koordinátán, mert célba vettünk.

– Mi vagyunk, Tigris. Olga meg Tikka.

– Azt a feketelyuk rágta, sötét anyaggal töltött bolygóbelsőt, hogy lehet, hogy előbb értetek ide? – káromkodott a flottaparancsnok.

– Hát, a bolygó stimmel. Úgy tűnik, ez a szerinted leamortizálódott, vén, megbízhatatlan csotrogány gyorsabb, mint a te tökéletes, fényes technikád – válaszoltam nem kis ingerültséggel. – Lehet, hogy szemet kellene cserélned, mert úgy tűnik, az én hajóm egy ifjú, erős, gyönyörű hajadon.

– Minden nézőpont kérdése. Szerintem csaltatok.

– Akkor legalább a tudást és a bölcsességet becsüld – mondtam.

– Legalább a korszakot meghatároztátok? Elemeztétek a rádióadásokat? Tudjátok, hol vagyunk?

– Nem. Ugyanis az érkezésetek előtt épphogy eltakarítottuk az utat.

– Itt? Mit? Nem volt itt semmi.

– Nem vitázom, mi most pihenünk, ti meg határozzátok meg a kort, időt, a leszállást stb. – mondtam, mert úgysem volt elég közel ahhoz, hogy kiharapjam a torkát. Kikapcsoltam a comot. Nem volt kedvem vitázni.

– Fél. Nagyon fél – jelentette ki Igor.

– Nem gondoltam volna, hogy sérült lelkileg. Kevés információm volt róla – szabadkozott SHIG.

– Tipikus – mondta Olga.

– Nos, mivel rajtam kívül mindenki kialudta magát, így ti Olgával elemzitek az adásokat, meghatározzátok a kort, mert én nem bízom Tigrisben. Addig én alszom, mert kell némi beosztás is. Míg ti aludtatok, én őrködtem, most fordítva lesz – motyogtam, és kinéztem magamnak Dörmi fekvőhelyét. Bevackoltam magam tartozékaimmal egyetemben, és mély álomba merültem.

– Melyik frekvenciára álljunk? – hangzott fel a comból Tigris simulékony hangja. Sejtésem szerint még a fenekét is megringatta beszéd közben.

– Te vagy az akcióparancsnok, Tikka. Mondd meg nekünk – édeskedett a flottájára nagyon büszke. Visszafojtva egy tisztességes káromkodást, felfogtam, hogy kezdődik. Valószínű, hogy ez a huszonegyedik század, ha a büszkeségből való kicseszésekkel kell küzdenem. Ez már tanult a náciktól. Ne hagyjuk pihenni az ellenfelet. Szóval ellenfélnek tekint, nem szövetségesnek. Jó lesz észben tartani.

– Mindegy – legyintettem –, küldjétek át az adatokat, feldolgozzuk – válaszoltam kimérten, frissességet színlelő hangon, enyhe éllel.

– Olga, füldugót kérek. Újra. Igor és Shirok, nektek van emlékeketek, ti dolgozzátok fel a bejövő infót, én alszom. – *Egész jól megy a parancsolgatás, ha kellően fáradt az ember* –gondoltam, és a füldugó viasszal végre háborítatlan álomba merülhettem. Pedig ez volt a legfontosabb szakasz, ám teljesítőképességem határán voltam.

Nehezen ébredtem az álomtalan, pihentető alvásból. Már mindenki startra készen volt.

– Megyünk – közölték.

– Ki mondta? – kérdeztem.

– Ez a parancs – mondták, és mentek.

– Most nem én vagyok a parancsnok? – kérdeztem, de már későn. Mind távoztak a leszállóegységgel.

– Olga! – kiabáltam.

– Nyugalom – mondta –, legyen egyértelmű az, hogy te parancsolsz.

– Nem értem, hiszen most nem várták meg. Mi történt?

– Semmi különös, csak elkezdődött a dominanciaharc. Lementek a bolygóra, Tigris a comon keresztül rájuk erőltette az akaratát. Én hagytam, mert neked pihenned kellett, és gondoltam, nem árt, ha szembesülnek Tigris tévedésével. Majd kimentem őket. Utána jobban fognak tisztelni. Ennél valami finomat? Nyugodj meg, a jövő nem fog megváltozni. Kell nekik ez a lecke. Még Tigris is ijedten fog kiabálni, hogy mentsük ki a saját tévedéséből. Addig egyél valamit. Saláta? Tudod, nem csak az én nedveim vannak. Fel tudok sugározni bármit. Nézd a képernyőt, nézd a Naprendszer lényeit, a Titán bányászait. Tanulj, egyél, míg ők szenvedve tanulják a büszkeségük és irányíthatóságuk árát. Amúgy is, SHIG velük van. Nem lesz bajuk. Viszont tudni fogják, utána kire lehet hallgatni.

– Olga, te ezt előre tudtad. Szándékosan engedted. Ez már a te küldetésed is. Sőt. Mindenkié, de mindenki irányítani akarja, és ez így nehéz lesz.

– Dehogy. Így lesz jó. Te is érzed. Ennek így kell működnie. Nézd, most kiélik a hajlamaikat, te pihensz, és engedelmes kezesbárányként kapod vissza őket.

– Az anya azt jelenti, hogy valaki eldönti, mikor aludj, egyél, és dönt helyetted?

– Részben így van. Az anyától tanulod meg, mi ehető, és hogyan lehet életben maradni, mert az anya számára az a legfontosabb, hogy az utód éljen.

– Gondolom, az utód számára is fontos életben maradni, és a körülmények változnak. Nem biztos, hogy megváltozott körülmények közt az anyától tanult sémák jók, s ugyanúgy működnek.

– Másképp nem működik, hiszen a legtöbb utód nem maradna életben a kezdeti szakaszban az anyja irányítása, segítsége nélkül.

– Talán pont ezért lenne fontos a hatáskört korlátozni. Talán a kommunális nevelés, több infó, több tapasztalat, és nincs egyeduralom. Lehet, hogy anya nélkül könnyebb életben maradni a gyorsan változó körülmények között.

– Arra célzol, hogy ne adjak tanácsot?

– Azt mondom, ne hozz döntést helyettem. Beszéljük meg.

– Igazad van. Hibáztam. Féltettelek, az érzéseim szerint döntöttem, és ez nem volt értelmes és etikus. Már kezdem érteni, a gyermekeid miért nem hasonlítanak egyik fajhoz sem a társadalmukban. Meg tudsz bocsájtani? Hozhatok neked salátát, sajtot, csokoládét és szederbort?

– Megtennéd, hogy csak akkor döntesz helyettem, ha nincs más lehetőség, és akkor is végiggondolod, hogy én mit tennék?

– Igen.

– Én is igyekszem majd megfékezni az indulataim, és nem megbántani másokat – ígértem. – Tényleg éhes vagyok. Olajbogyót is kérek – mondtam megenyhülve. Végül is jó, ha van az embernek anyja, csak ne nőjön a nyakára.

Miután jól bereggeliztem, felmerült a gondolat: ha már Tigris az én legénységemet levitte a Földre, kissé korábban a tervezettnél, az engedélyem nélkül, akkor közben meglátogathatnám a flottáját, és én is kicsit átvehetném az irányítást. Végül is ez így korrekt.

– Anya. Kellene nekem valami megfelelő ruházat, át akarok menni Tigris legénységét meglátogatni. Gondoltam, kölcsön legénységrablás visszajár. Kéne valami formaruha, meg egy jó megjelenés.

– Örülök, hogy így hívtál. No, nézd, felkötjük a hajad kontyba, kell egy kis smink, hogy ne legyen olyan kerek, gyerekes az arcod, aztán le tudom ám másolni a fegyvereket is. Az is kell az oldaladra. Lézervágó meg a kis szerszámkészlet. Már másolom is. Tökéletes lesz. Az állataidat is megfésüljük. Teljes pompában kell megjelenned – kuncogott.

Hamarosan nem ismertem magamra. Katonás, határozott nőszemély állt a tükör előtt. Állataim is alkalmazkodtak a megjelenéshez. Ám egy kérdést nem hagyhattam ki:

– Lézervágó? Szerszámkészlet? Olga, hadihajókhoz megyünk vagy szerelőbrigádhoz?

– Évezredek óta a hadsereg, ahogy te nevezed, a galaktikában mentésekre szakosodott. Háború hiányában ők a baleseti mentéseknél, katasztrófáknál segítenek. Ritka a teáltalad ismert konfliktus, azt is nyugtatólövedékkel, hanghullámokkal oldják meg. Nem ismerik a gyilkolást.

– Akkor nem lesz nehéz dolgom, az a gyanúm. Küldj át minket. Előtte szólj, kérlek, hogy feljebbvaló érkezik. Várjanak ránk.

Besétáltam a sorfalat álló, fegyelmezett idegenek közé. Ahogy azt tanultam a régi történelmi filmekből, felszegett fejjel, egyenes tartással vonultam. Igyekeztem nem rácsodálkozni a különböző fajú, érdekes lényekre.

A színészek is megirigyelhették volna rezzenéstelen arcom. Azért többségében humanoidféle volt. Mire a megilletődött sor végére értem Dörmivel a lábamnál, fejem felett a sólyommal, macskával a vállamon, véget is ért a varázs.

– Tigris flottaparancsnok nem értesített minket a látogatásáról – kekeckedett egy vélhetőleg magas rangú tiszt.

– Az akció parancsnoka én vagyok. Tigris csak a behajózás parancsnoka. Ő is nekem tartozik engedelmességgel, ahogy az eligazításnál ezt biztosan hallották. Tikka vagyok, az egész akció teljhatalmú parancsnoka.

– Elvesztettük a kapcsolatot a Földön lévő Tigris parancsnokkal. Úgy véljük, ez az ön hibája – mondta az igen lojális tiszt.

– Gyere közelebb, kérlek, nem hallom jól, amit mondasz – édesgettem a nagydarab tisztet.

– Igenis, akcióparancsnok – mondta, és gyanútlanul elém lépett, ám a lábam útban volt. Megakadályoztam heveny padlófogását egy laza kézfogással és felsegítettem, remélve, hogy ízületei is hasonlóképpen helyezkednek el, mint az embereknél. A látszat nem csal, ezt üvöltéséből azonnal lemérhettem. Nem nagyon bírták az ujjai az ellenirányú tekergetést. Kicsit rásegítettem, és máris hanyatt vágódott. Valóban, Tigris lehetett a legedzettebb ezek közül. Úgy néztem, éppen a reggeli utáni laza testgyakorlás lenne elbánni az egész flottával. Barátságosan kezet nyújtottam felsegítés céljából, de érthető okokból ezt nem fogadta el. Miután sikeresen talpra küzdötte magát, vállon veregettem és az idegpontot enyhén nyomva megkértem, vezessen körbe a hajón. Finoman megemlítettem, hogy tartozékaim ragadozók, ölésre szakosodtak, mint életfenntartási alap. Kicsit mesélgettem a bolygóm szelíd, bájos oldaláról, mely azon alapul, hogy akkor eszel, ha valakit megölsz.

Hallgatóságom változatosabbnál változatosabb arckifejezéssel reagált, ám mindegyik undort és rettegést tükrözött. Pedig még egy szót sem szóltam a huszonegyedik század forrongó, agresszív hangulatáról, politikai, gazdasági játszmáiról, lélektani pokláról, ahol az élőlények csak feláldozható adatok, számok. Ahova Tigrisük hősiesen, gyanútlanul leutazott. Viszont nekem alkalmam nyílt jól megnézni a hajtóművet, a hő- és sugárvédelmi rendszert, illetve a lézerágyúkat.

– Tigris vissza fog térni élve, erről gondoskodom, ám a parancsnok én vagyok. Jó lenne, ha ezt nem felejtenétek el. Ti a Galaktikus Tanácsnak tartoztok hűséggel, nem Tigrisnek. A Tanács engem nevezett ki kapitánynak. Az akciókról én döntök. Tigris a flotta irányításáért és működéséért felel. Jó lesz, ha nem felejtitek el, hogy én vagyok a felettese. Vagy fogjunk újra kezet? – említettem kicsit vésztjóslóan.

– Amúgy, hogyan is hívják ezt a helyet? – kérdezte a hős katona.

– Emborgia a ti nyelveteken, de mi csak Földnek hívjuk – mondtam, és ez volt a végszó. Megremegett minden, és sötétség borult a tudatunkra.

Az ismeretlen lény újra megérezte az idő és tér hullámain keresztül azt a finom, kellemes rezgést. Mint lepkét a fény, úgy vonzotta. Száguldott a téridő kusza hálóján át, keresve a pontot, ahonnan az a finom hullámzás érkezett. Remény gyúlt benne: hátha segítséget kap, talán így kiszabadulhat két világ terminátoráról, hiszen időtlen időkkel ezelőtt ejtette őt foglyul a határvonal. Eddig bármibe kapaszkodott, hogy kihúzassa magát innen, azt magával rántotta ebbe a sűrű, sötét, kiszámíthatatlan, változékony léttérbe. Ő megtanult közlekedni, átlátott a világokat, időket elválasztó hártyán, de átjutni nem tudott.

Odaért és megkapaszkodott a reményben, közvetlenül Emborgia felett.

A szerző

Wong Hu Li 1975. június 6-án született Budapesten. Küzdelmes gyermekkor után általános gépi forgácsoló lett belőle, majd esti iskolában leérettségizett. Mindeközben sokféle munkát végzett: dolgozott hivatalsegédként, gyári munkásként, takarítóként, pénztárosként, de házalt mesekönyvekkel, töltött fel újságos pultot. Volt telemarketinges és kulcsmásoló is; mikor épp mi adódott. Esti tagozaton elvégezte a környezetvédelmi méréstechnikus szakot, csak azért, mert érdekelte és imádott tanulni. Jelenlegi munkaköre diszpécser.

A kiadó

Aki feladja,
hogy jobbá váljon,
feladta,
hogy jobb legyen!

E mottó alapján a novum publishing kiadó célja
az új kéziratok felkutatása, megjelentetése,
és szerzőik hosszútávú segítése. Az 1997-ben
alapított, többszörösen kitüntetett kiadó az egyik
legjelentősebb, újdonsült szerzőkre specializálódott
kiadónak számít többek között Ausztriában,
Németországban és Svájcban.

**Valamennyi új kézirat rövid időn belül egy
ingyenes, kötelezettségek nélküli kiadói
véleményezésen esik át.**

További információkat a kiadóról és
a könyvekről az alábbi oldalon talál:

www.novumpublishing.hu

novum KIADÓ A SZERZŐKÉRT

Értékelje
ezt a könyvet
honlapunkon!

w w w . n o v u m p u b l i s h i n g . h u